平面犬

〔日〕乙一 著　吕灵芝 译

南海出版公司

新经典文化股份有限公司
www.readinglife.com
出　品

目录

石眼

序

很久很久以前，一个村子爆发了流感。由于缺乏医疗知识，村民们只得绝望地接受死亡。有的家庭失去劳动力陷入困境，有的家庭竟死得仅剩一人。

一对夫妻失去了年幼的孩子。他们把孩子冰冷的身体放在草席上，悲痛了一天一夜。那是个贫苦的年代，人们饥肠辘辘，孩子的胳膊也枯瘦得如同树枝。那对夫妻把孩子装入小小的棺材，想找个开阔的地方埋葬，便抱着棺材进了山。等到他们回过神来，太阳已经西沉，周围陷入一片黑暗。郁郁葱葱的树林遮挡了月光，夫妻俩被包裹在无尽的暗夜里。附近没有人家，孩子几乎不存在的体重透过棺材压在两人的手上。

夫妻俩感到背后好像有什么东西。

哗啦哗啦，哗啦哗啦……

妻子正要回头，却被丈夫阻止。"那是树叶的声音。"

紧接着，背后传来了脚步声。仔细一听，像是小孩的脚步声。

啪嗒啪嗒，啪嗒啪嗒……

妻子又要回头，但还是被丈夫阻止了。"深山里哪来的小孩？"

紧接着，背后传来了小孩的说话声。那声音仿佛是他们刚刚死去的孩子的。

妈妈，妈妈，快转过头来呀。

刚刚失去孩子的母亲终于忍不住回过头去。

身后没有孩子，只有一个身材高挑的女人赫然站立。那是"石眼"，就是她模仿了孩子的声音。

凡是看见石眼的人都会变成石头。妻子定格在回头的姿势，再也不动了。

男人惊恐地闭上眼睛。不能看，否则会变成石头的。

男人听见石眼靠近，感到她在触碰他的脸颊和胳膊。男人险些睁开眼睛，可他忍住了，闭着眼睛逃到山下，连棺材都扔下不管了。

1

升入小学后，我就在父亲的老家住下了。我不太记得自己以前住的地方。那里如今已和我对母亲的回忆一样，消失在记忆中，只留下些许残香。

只有些许年代久远的画面还残留在脑海中。那地方显然与父亲家不同，但画面四角已经变得无比暗淡了。

那是个四叠①大的小房间，墙上挂着照片，木制窗框很难滑动，红色日光从窗外洒进来。不知是因为逆光还是我年纪太小，母亲看起来如同巨大的阴影。我躺着听她给我唱摇篮曲。

我长大成人、进入社会后，仍然没有忘记那幅旧时的画面，还有摇篮曲的歌词。

我上小学时没有母亲，我就这样长大了。父亲家只有父亲、爷爷、奶奶、叔叔和我五个人。

那座房子建在山脚下，就在陡峭斜坡隐入森林的地方。房子很旧，但很宽敞，住着五个人仍旧空出了大部分房间。

---

① 日本计量房屋面积的单位，1 叠约为 1.62 平方米。

家门前的斜坡很陡，去上学还好，回家却十分辛苦。道路两侧时不时可以看到梯田。每天上学，我都会从狭窄的田间小路抄近道去学校。有时我心血来潮，还会钻过树丛，穿过陌生人家的后院，专找没路的地方走。

上学路上的岔路口有座小巧的佛堂。虽然叫佛堂，却只有小孩子那般高。它一半隐没在树丛中，静悄悄地坐落在一片昏暗里。

佛堂里的地藏布满蜘蛛网，凑近看就会发现它的脸光溜溜的。它没有眼睛，但并非被哪个调皮的孩子挖走了，而是最初设计时就是这样的。从其他地方来的人看到这样的景象，一定会十分好奇。但在我这个小学生的活动范围内见到的所有地藏，都是没有眼睛的。

虽然我只是个孩子，但也隐约知道为什么地藏都没有眼睛。

当时，我跟朋友常玩一种叫"蒙眼鬼"的捉迷藏游戏。

首先猜拳决定谁来当"鬼"，然后把"鬼"的眼睛蒙上，让"鬼"去抓四散逃开的人。要是"鬼"走向了没人的方向，其他人就必须拍手大叫"鬼啊鬼啊我在这里，听我拍手快快过来"，暴露自己所在的方向。一旦有人被抓住，游戏就结束了，被抓的人就"死"了。

到此为止，这还是很普通的捉迷藏游戏。但我们还有另一种玩法，那就是"鬼"不用蒙眼，而逃跑的人要蒙眼。逃跑时什么也看不见，好多人因此受了伤。

我们一般在神社的院子里玩这个游戏。神社离我家只有五分钟路程，破旧得连神明都住不下去，但胜在地方很大，正适合我们玩耍。

蒙住眼睛逃跑时，必须不遗余力。哪怕前方有破旧的石灯笼，或是地上有突起的树根，也决不能停下来，因为一旦被"鬼"捉到，就算"死"掉了。每年都会有两三个在游戏中骨折或摔断了牙齿的人。一群小孩满脸鼻血、浑身瘀青地四下逃窜，在旁人看来想必很奇怪。然而无论发生多么可怕的事故，我们还是几乎每天都玩这个游戏。这不仅是因为好玩，也可能是因为受到当地流传的故事的影响。为此，我们都会抱着履行义务和锻炼的心态，把眼睛蒙起来拼命奔跑。

大人们本来应该禁止我们玩如此危险的游戏，但不可思议的是，没有一个人那样做。路过的大人反倒会责骂那些因害怕受伤而不愿全力奔跑的孩子，并要求他们拼死从"鬼"的追赶中逃离。

如果不练好蒙着眼睛逃走的本领，就要被石眼大人变成石头喽——大人们总会这么说。而像爷爷奶奶那样上了年纪的人，根本不愿提"石眼"这个词。要是一不小心说出来了，他们就会朝着山顶双手合十，恭恭敬敬地一拜再拜。

石眼，也可以写成"石女"。

那是父亲的家乡流传已久的故事。我已经不记得自己是什么时候、听谁提起的，总之，我们这些小孩全都知道她的故事。

有人说，一个失去孩子的母亲被石眼引诱回头，结果变成了石头。还有人说，在山里迷路的人无意中发现一座房子，便请求主人让他留宿一晚，没想到那竟是石眼的家。还有人说，除了那双能把人变成石头的眼睛，石眼怀里还藏着一双真正的眼睛，一旦被刺破，她就会异常悲痛，变成石头。

我慢慢长大，渐渐知道那些传说都不是真的。或许是某段乡土历史被披上了训诫的外衣，最终演变成了哄孩子用的童话吧。

上了小学高年级，开始明白传说的真相后，孩子们就不再玩蒙眼鬼了，而是转向更高级的游戏。

因为住在附近的同年级的孩子们都开始钓鱼，我也不得不一块儿到河边去。当时有个男孩特别会打架，很多人跟他一起玩，但并非因为喜欢他才这样做，而是害怕拒绝后遭到报复。因为那个男孩开始钓鱼，我也只能跟着去了。

河水非常湍急，轻易就能冲走巨大的岩石，可仍有人爬到河中央的大石头上垂钓。河水清澈见底，冲刷河底突起的石头时，水声格外悦耳。但是我很讨厌钓鱼，如果可以，我想在家画画，不愿去河边。

那个夏日，我也怀着这种心情待在离朋友稍远的地方。为了不被那个会打架的男孩盯上，我假装享受钓鱼的乐趣。

我把钓线往河里一抛，将钓竿固定在地上，做出一副等着鱼上钩的样子，然后借口去挖蚯蚓，远离了其他人。走之前，我还拜托朋友，让他一看到鱼上钩就叫我。不过应该不会出现那种情况，因为钓钩上根本没装鱼饵。

沿着河边走一会儿，就可以到达只有我知道的秘密场所。

走着走着，便会来到一段坡道，坡道上方和河面之间有一定落差，好似山崖。我说的秘密场所就在山崖下面。说是山崖，也不至于高得能摔死人，但掉下去恐怕也不只会受轻伤。不过，若是鼓起勇气，就会发现下去并不困难，因为一路都有合适的落脚点。山崖下面长满青苔，有够一人把脚伸进河水里坐下的空间，此外别无他物。

周围一丝风也没有，光是坐着都会出一身汗。在正午的阳光下，树荫轮廓清晰。我手脚并用地下到山崖底下，裸露在短袖外的胳膊满是汗水，还沾上了沙土。

就在那天，我在这个地方体验了一把地心引力的威力，因为我脚下一滑，掉了下去。但我只受了点儿轻伤，也许是因为我已经爬过了近一半的距离吧。

我的左肘出了点儿血，心脏跳得飞快。抬头一看，我失足的地方又落下了几块碎石。

厚厚的青苔承受了我的体重，它们在地面和岩石表面生长了几十年乃至上百年，但受到我的冲击，一部分脱落并被河水冲走了。可以说，对我和青苔来说，这都是很不幸的事故。

我望向被青苔掩盖已久的地面。青苔剥落后，潮湿的黑色土地终于重新暴露在空气中。那里埋着一小块形状像手的石雕。我挖出石雕，拿近了仔细观察。虽然只到手腕，但它无疑是照着小孩的手刻出来的。

石雕做工精细，让我这个小学生感动不已。略长的指甲、指纹、骨骼上的肌肉，甚至连汗毛都清晰可辨。这只石头雕成的手有着孩子特有的圆润质感，仿佛石头里充满了空气一般，摸上去没有弹力，反倒让人感到不可思议。

这只手没有摆出任何造型，姿态很放松，仿佛正犹豫着不知该抓住什么。我不禁忘了它是石雕的事实，而怀疑它随时都会动起来。不过，就算它突然动起来，我可能也不会太惊讶。

我把石雕带了回去，当成了我的宝贝，没有告诉任何人。

我无数次在纸上描绘那只手，画工突飞猛进。但是，从我的画上无法感受到那种悸动——看着那只手时觉得它随时都要动起来的悸动。

2

深山里起了大雾，我的同事 N 老师倒在一棵树下。我走向他，确认他还有呼吸，于是摇晃着他的身体呼唤他的名字。只见他眼睑轻颤几下，醒了过来。

"我是怎么了……"

"你滑了一跤。我们是从这条陡坡上摔下来的。"

我们同时抬头望向那条陡坡，它好似是用巨大的勺子挖出来的一般。在学校被学生唤作恶鬼的 N 老师面色铁青，惊叹我们竟没有摔死。

他想站起来，却发出了痛苦的呻吟。他右脚肿得厉害，看来是走不了路了。

"我没事。"他头上汗津津的，为了掩饰痛苦，扯着嘴笑了。

我们就在家乡附近的山上，但是离儿时玩耍的地方已经很远了。

我们原本走在通向山顶的有野兽出没的小路上，被河流的声音吸引，却没想到路边竟有这样的陡坡。从很久以前就没有人爬过这座山了，所以关于地形的信息很少。这或多或少是受到了那个女人的传说的影响。

背着无法行走的 N 老师，我根本爬不上这条陡坡。太阳已经西斜，刚才还刺痛皮肤的锐利阳光这时已快被周围的树木遮住了。我可不能眼睁睁看着夜幕降临。

我决定独自爬上陡坡，到山下叫人来帮忙。N 老师也同意在原地等上几个小时。

不到十分钟，我的计划就搁浅了。陡坡上的土很松散，我就像落入蚁狮的陷阱、怎么也爬不出去的蚂蚁，无法回到原路。然而，我们并非完全无路可走，眼前还有一条沿着陡坡边缘延伸的石子路。虽然不清楚它通向何方，但既然有路，就意味着有人走过吧。

我背起 N 老师，顺着那条石子路朝山脚的方向走去。

我是在初中的办公室里告诉 N 老师我暑假要去爬山的。那时正值暑假前的繁忙时期，他突然向我问起了假期计划。

我们生于同一个镇子，都在初中母校执教。N 老师比我大一岁，教的科目是社会。他就住在离学校不远的父母家里。第一次和他交谈时，我告诉他我父亲的家也在这个镇子，就在靠山的那一头。一直不苟言笑的他挠了挠下巴上的胡须，脸上绽放出笑容。

"哦，在那边啊，我小时候骑车去过那里——话说回来，我上初中的时候应该见过 S 老师你吧？要是你加入了柔道部，我肯定还带过你这个后辈。"

刚上初中时我还是美术部的新人，如今却成了部里的顾问。

我们很快就发现彼此意气相投，于是决定假期一起出去玩。

"我每年暑假都会去爬山。"

"爬山？没想到你还会做那种耗费体力的事啊。你不是在学校爬楼梯都会气喘吁吁吗？"

我在学校教美术，当时正在给学生的画一一评分。为了教学生处理好明暗关系，我特意拿鸡蛋到课堂上让他们写生。我对仅凭这些画来判断学生的绘画水平持有疑问，但为了尽快结束这无聊的工作，我还是飞快而潦草地打了分。

　　我准备给学生留一项画风景的暑假作业。不知今年会有几个学生认真把作业交上来。我身为老师，却很讨厌看学生的画。他们的画和我的一样，毫无灵动之气，画上的人没有在画布上呼吸的感觉。这样的画根本不值一看。

　　我随声应付着 N 老师，不知不觉就答应跟他一块儿去爬山了。

　　直到今天早晨，我才告诉 N 老师我爬山的缘由。

　　他一身轻装来到我家，叔叔给他泡了茶。现在只有我和叔叔生活在一起。因为 N 老师经常到家里来玩，他们俩也熟了起来。我们三个都是单身汉。

　　我到山上去，是为了寻找母亲的遗体。N 老师听着这番话，露出兴奋的表情。"事情突然变得有意思了啊。"

　　"得了，你身为教师，竟然说这种事有意思，也太随便了。"

　　高中毕业三个月后，父亲去世了，叔叔成了我唯一的亲人。他告诉我，我母亲去了山里之后就再也没回来。我小时候一直听他们说母亲是因病过世的，原来那是谎言。

家里有几张母亲莞尔而笑的照片。二十岁之前，我一直把它们摆在桌上。从上小学起，我对母亲的了解就只有这几张照片和一些模糊的记忆，此外还知道她是一名摄影师，仅此而已。

"你妈妈很漂亮，比照片上漂亮多了。"叔叔怀念地说，"虽然她那时并不出名，但你出生后，她也还是希望做摄影师的工作。"

据说，父亲把年幼的我带回老家时，叔叔还在上高中。父亲这样做，只是觉得母亲没有把我照顾好，两人吵了一架。父亲和爷爷奶奶都无法理解母亲对摄影的热情，认为她不该不务正业，应该专心把家务做好。

不过，母亲始终没有放弃摄影，并且坚信她的作品总有一天会得到认可。最后，父亲和母亲决裂了。

"那天夜里，你妈妈来了，想见你一面。你当时在蚊帐里睡得正香，什么也不知道。"

据说母亲在门口哭着说想看看孩子。

"我妈妈，也就是你奶奶当时对她说：'你这么大的人了，一点儿都不知道害臊，让邻居看见了多丢人。你这辈子都别想见到这个孩子了，要是敢接近他，我们就报警。'我从来没见过妈妈那样的表情啊。"

母亲在门口哭了好长时间，声音一直传到了叔叔的房间。哭声消失后，叔叔从窗户探出头一看，发现母亲已经精疲力竭，跌坐在地上。三个小时后，他又探出头看了一眼，母亲还保持着那个姿势，一动不动。

"早晨她就不在了。邻居议论纷纷，说有人天亮前看见一个身着红衣的女人向山里走去。"

然而，没有人从山里回来。最后大家都说可能是看错了，只有父亲家里的人不这么想。

那个女人恐怕就是我的母亲吧。据叔叔回忆，那天晚上母亲确实身着红衣站在门口。孩子被带走，摄影作品也得不到世人的认可，或许是这些接连的刺激让她万念俱灰，最终决定寻死。

在那之后不久，母亲的作品开始受到关注。我看过母亲出版的摄影集，被深深吸引了。由于领域不同，我无法给出准确的评价，但至少可以这样说：她是最接近我理想中的摄影师的人。

"摄影集的版税到谁手上了？"一直在旁静静倾听的N老师问道。

"我父亲收下了。母亲自杀的消息没有公之于众，所以到现在人们还把她认定为下落不明的摄影师。"

N老师目不转睛地看着母亲的照片。照片里的她身着红衣，胸前绣着一朵大大的向日葵，不知这是否就是她那天晚上穿的衣服。不一会儿，N老师长叹一声："她可真是个美人啊。"

黑暗已将我们吞没。我们本打算天黑前回去，所以身上没带照明用具。我们只能借着微弱的星光勉强看清脚下的石子路。

N老师擅长柔道，却并非彪形大汉，而是个身姿矫健匀称的男人，因此背着他前行还是可以的。但无奈我身体孱弱，已经快到极限了。

"真不好意思……"他早早留下这句话后就一直闭着眼睛，不知是睡着了，还是晕过去了。

这条路好像是一条平缓的曲线。虽然我是朝着山脚的方向走的，但现在没准已经转到了反方向。

雾越来越浓了。

我突然听到身后传来重物被拖动的声音。回头一看，原来是N老师的脚。看来我远比自己想的还要疲惫，支撑他身体的双手已经没了力气，不知不觉开始拖着他前行。

不过，更让我担心的是，受伤的脚这样被人拖着走，N老师却哼都不哼一声。他不会是死了吧？仔细一看，发现他双眼紧闭，满头大汗。知道他还活着，我松了口气，同时也开始焦躁，想尽快找到能休息的地方。

在遮蔽视野的雾气中，我发现了一丝亮光，就像有人用针在雾气中扎了一个洞。也许附近有人家——不，是必须有人家。

我重新把N老师背好，使出浑身力气，决定坚持走到那儿再晕过去。这时，我已是完全依靠惯性向前迈步，感觉像是走在平地上，又像是走在棉被上。

我奋力盯着眼前那团越来越大的模糊光点，余光仿佛瞥到周围立着无数僵硬的人影。

3

古木的清香把我从睡眠的深渊拉回现实。我醒了过来，发现自己躺在被子里。被子是用好几块旧布手工缝制而成的，破烂不堪，几乎没有厚度。

我似乎身处一座民居。房间约六叠大，四围都是纸门纸窗。方才我闻到的古木的清香，应该就是这座房子散发出来的。带着木纹的天花板已经老化发黑，也没有电灯之类的照明用具。天似乎已经亮了，纸门上糊的和纸白得发光，对睡眼惺忪的我来说有点儿刺眼。

我旁边还有一床被子，N老师就睡在里面。他似乎还没醒，呼吸绵长而均匀，身上的被子一起一伏。他睡着的脸看起来十分安详。被子很小，加上他睡相不好，他受伤的右脚露了出来，上面还缠着绷带。我对此毫无印象，应该是有人为他治疗过了。那并不是医院用的统一规格的绷带，而是用撕成长条的白布做的。白布的颜色不太正常，有点儿发黄了。

我忘了自己的体力已严重透支，打算站起来。肌肉突如其来的疼痛使我忍不住轻声呻吟起来。

我记不起自己是什么时候被安顿在床上的。记忆中的最后一幕是昨晚我背着N老师，朝看似有人家的亮光处走去。我还记得那亮光渐渐变大，周围是影影绰绰的人影。我恐怕在进入这座民居前就倒下了。

我感到肌肉酸痛，于是缓缓起身，想找这家的主人道谢。

纸门仿佛飘浮在空中，轻轻一推便开了。门前是一条走廊，再往外则是院子。

一瞬间，我以为自己身在云中。雾很浓，走进去二十步恐怕就得迷路。依稀可见的院子里铺着沙石，还有几道模糊的树影。我不知道这个院子的边界在哪里，但能感觉到很宽敞。走廊里摆着我和N老师的鞋子，似乎是为了方便我们到院子里去。离房子稍远的地方林立着许多影子，似乎都是石灯笼，一下就吸引了我的目光。它们大小不一，毫无规律地立在房子周围，隐伏于浓雾中，得走近去才能看清形状。虽然很想那样做，我还是决定先缓一缓。

我顺着走廊寻找住在这里的人。地板很干燥，甚至起了一层白色的粉末，凹凸不平的木纹不断摩擦着我的脚掌。地板并不是用长木板纵向拼接的，而是用许多短木板横向拼接而成。这座房子给人的感觉不太像民居，反倒更像寺庙。脚踩在地板上，地板却没有发出声音，大概是用了厚重而坚硬的木材的缘故吧。

这座房子很大，我边走边算着步数，却始终没走到头，不知不觉便停止数数了。我的左侧是院子，右侧是纸门和木墙，周围没有人的气息。我试着喊了一声，但无人回应。

顺着房子的转角，走廊拐了个弯。纸门全都紧闭着，我打开一扇向里看了一眼，不像有人居住的样子。

走廊的尽头蓦地出现在我眼前。木地板不再延伸，前方是三合土铺成的地面，看来我走到了厨房。在冰凉潮湿的空气中，我捕捉到一股香味。石砌的灶台上放着一口大砂锅，锅上热气腾腾，我闻到的香味就是它散发出来的。灶上煮着一锅野菜粥，可以确定，家里是有人的。

除了那口砂锅，厨房显得特别冷清，没有柜子，锅碗瓢盆都放在地上。餐具基本上都是木头做的，也有一些陶器，不过都有豁口或裂缝，看起来不太能用。厨房角落铺着草席，上面堆满了沾着泥土的蔬菜。草席旁边有块砧板，上面放着锈迹斑斑的菜刀。

我推开离厨房最近的一个房间的纸门。虽然心里有愧，我还是进去看了看。榻榻米被磨损得很旧，踩上去软绵绵的，连脚都陷下去几分。这个房间很宽敞，装潢却单调极了。不过，与别的房间不同的是，在这里我感受到了有人生活的气息。

房间一角有张小木桌，上面有四根蜡烛，每根都不一样长。我走过去跪坐下来，仔细一看，桌上有许多烛泪流动留下的痕迹。在一圈蜡烛中间，摆着一个扁平的小木盒，大小正好够放入一本书。

这大概是个祭坛，周围的蜡烛似乎是用来供奉这个扁平的木盒的。我拿起盒子，它轻飘飘的，仿佛里面只盛着空气。盒子上有个小小的金属扣，看上去轻易就能打开。我想看看里面装着什么。

"我不知道您是谁……"一个沙哑的女声突然从身后传来，"但这样擅自进入别人的房间，您不觉得惭愧吗？"

是这里的主人。我感到非常尴尬，把木盒放了回去。"实在抱歉。我刚刚醒来，想向救助我和我朋友的恩人道谢，不自觉地便擅自在您家中四处转了起来。"我回过头，想看看恩人的模样。

"别动——"女人高声说道。

我仿佛被扇了一耳光，背对着她，不敢再动弹了。

"我只是不喜欢别人看到我的脸，没什么特殊的理由。实在抱歉，还请您保持这个姿势和我说话。"

女人措辞彬彬有礼，语气却不容反驳。我觉得脖子一阵发毛，身后的人让我感到一股强烈的压力向我袭来。她的要求很奇怪，可我一时反应不过来，也就顾不上询问缘由了。只是，后背被人注视着让我感到不知所措。真希望能与她面对面交谈。

"我们在山里晕了过去，是恩人您救了我们。背对着您说话实在是太失礼了，希望您允许我面对着您。"

女人没有回答。我听到衣服摩擦发出的声音，她在我背后坐了下来。那声音仿佛在告诉我，她从一开始就不打算听我的想法。实在没办法，我只好背对着她，端正坐姿。

女人把昨晚发生的事讲了一遍，大体上与我的猜测一致。

交谈对象不在面前，我不知该如何安放视线。这种感觉令人不快，我只好无奈地闭上眼睛。然而，什么都看不见以后，女人的存在感却愈加膨胀，沙哑的声音一下一下震动着我的耳膜。她应该年龄很大了。单听言辞，可以感受到她是一个很重礼仪的人。只是不知为何，我从她的话里听出了一种强迫我服从的威严，甚至可以说是敌意。也许这么形容太夸张，但她身上确实散发着让人警惕的气息。

我告诉她，我们在山里落难，走了好久才来到了这里。

房间里的氛围越来越凝重。以她落座的地方为起点，整个房间的空气渐渐变冷、凝结。我身上起了一层鸡皮疙瘩，拼命忍住回过头去的冲动。

我又和她聊了一会儿，随后她结束了谈话。身后传来她起身的声音，再仔细听，她好像走进里面的房间去了。我不禁松了口气。

"趁我现在回避，请您立刻离开，回到您的朋友那里去吧。再过一会儿就开饭了。不过，这里毕竟是深山，只有些粗茶淡饭。"

"哪里哪里，您好心招待，我已经感激不尽了。"

我走出房间，才发现自己已出了一身大汗。

回到我醒来的房间时，N老师还在沉睡。我穿上鞋，来到院子里。初次看到这座房子的外观，我再次惊叹于它的陈旧和宽敞。房子只有一层。

那个女人为什么不让我看她的脸？这个问题一直萦绕在我脑中。我走在石子路上，想到一种可能。但实在太荒谬了，我不由得苦笑起来。

我刚才问女人能不能借用一下电话，她回答家中没有电话。"有件事我必须告诉您。下山的路十分险峻，您背着您的朋友恐怕无法成行。在他的伤势好转之前，请把这里当成自己家，好好休息吧。"

我扫视周围，这座房子并没有通电。女人究竟在这里过着怎样的生活？她是否和山下的村落有来往？

乳白色的雾依旧笼罩着视野，我突然感觉自己置身梦境之中。屋子渐渐没入浓雾中，远看十分模糊的石灯笼的轮廓却变得清晰起来。

细看才发现，包围着这座房子的无数黑影原来不是石灯笼，而是石头——人形的石头。

我急切地推开纸门，因为没控制好力道，纸门啪地滑开，发出爆竹般的响声。

N老师睁开了眼。我本以为他要琢磨一会儿才能明白自己为什么会躺在被窝里。但出乎我的意料，他缓缓坐起来，轻轻抚摩着右脚的绷带说道："看来我们运气不错啊。"

我把那个女人的事告诉了他。"N老师，你怎么想？她不让我看她的脸，难道……"

"你是想说那个看到眼睛就会变成石头的传说吗？别开玩笑了，那种事情怎么可能是真的？"他嗤之以鼻，好像想让我冷静下来。

我又和他说了刚才看见石头的事。他透过敞开的纸门往外看了一眼。"你是想说，那些石像原本都是大活人，因为看了那个女人的眼睛，被变成了石头？"

"石像"这个词让我心神动摇。石像是用石头雕刻出来的，那些隐没于雾中的人形石头，可以叫作石像吗？

最先进入我的视野的，是一个呈行走姿态的年轻男人。他身高和我差不多，双肩向下倾斜，面部有着微妙的凹凸起伏，看起来表情痛苦、筋疲力尽。男人的造型十分精妙，仿佛他是在沉思着前行时，突然被神灵剪下来装进了石头里。石头上浮现出的肌肉线条使我一时忘了那是石头，产生了他仍在一边思索一边赶路的错觉。

我摸了摸石头，也许是雾气的缘故，细密的水珠沾湿了我的指尖。感到它没有弹力，我十分惊讶，很自然地回想起小时候在河边捡到的那块石雕。如果它们都是由极有天赋的人雕刻出来的，那么应该是出自同一人之手吧。但我坚信，它们一定不是通过正常的方式制作出来的石雕。

还有一块石头形似老人。老人盘腿而坐，满是皱纹的脸露出笑容。他的神态仿佛是定格在了忙完农活儿、正在休息的那个瞬间。他的右手搭在额头旁，好像在擦汗。如果有人告诉我说石头表面的水滴是老人的汗珠，我也决不会起疑。

老人的右手与额头没有挨在一起，仔细观察，可以看到中间有条仅能插入一张纸的缝隙。用凿子雕刻石块，是无法雕琢出如此精妙的细节的吧？在肯定容不下刻刀的指缝里，我也看到了起伏的皱纹。

女人模样的石头，孩子模样的石头……我看到了数不胜数的形态各异的石头。每块石头相隔十步左右，排列得不紧不松。

甚至连发丝都是石头。当然，用力一按就断了。

还有一个明显的特征。

"石人基本上没穿衣服，全都赤身裸体。"

"这样啊，真是太有意思了。"

关于为什么没穿衣服，我对 N 老师说了我的看法。简而言之，当一个人因某种特殊力量变成石头时，身上穿戴的东西并不会随之一起变化。

"如果那个女人真的是石眼……"

那么，院子里的石像应该就是看到了她的眼睛而变成石头的人。不过，他们的衣服并没有随之变化，而是保持原状留了下来。经过长时间风吹日晒，衣服渐渐风化破碎，最后就只剩下裸体的石像。

"可是，衣服会那么容易就消失吗？就算是风吹日晒，也不可能一点儿布片都不剩啊。"对房子的主人是石眼这一点，N 老师表示怀疑。

"我没有把院子里的石头都看一遍，其中可能也有穿着衣服的。不过，石像赤身裸体，难道没有什么原因吗？"

"顺着 S 老师你的话来说，也许这一带曾发生过严重的火灾，衣服都在那场大火中烧掉了。"

"也有可能是被那个女人脱掉了，虽然我不知道她为什么要那样做。"

"有可能——不，一定是这样。肯定是住在这里的女人把他们的衣服脱掉的，因为她想要衣服和布料。"

"为什么？"

"根据你的描述，这里的生活条件似乎相当简陋。那个女人想必不会眼看着好好的衣服慢慢腐朽吧，一定会脱下来当抹布什么的。说不定这床用布料拼接成的被子原本也是谁的衣服。不过，我还是不相信有石眼存在，刚才我说的这些话你听听就算了。"

我们漫不经心地瞥了被子一眼。被子是用不同的布料拼接而成的，应该是那个女人手工缝制的。突然，我们同时发现了一个细节。

被子的一角有块红色的部分。只有那一处用的是红色的布料，布料上还绣着一朵大大的向日葵，看起来十分眼熟——和母亲在照片里穿的衣服一样！叔叔的确说过，那天夜里母亲穿着红衣。

如果那个女人是石眼，我们眼前的东西证明了母亲曾来过这里。也就是说，母亲现在应该已化为石头站在院子的某个角落里，依旧保持着年轻时的样貌。

这无疑是母亲已经死去的证据。N 老师大概是想到了这一点，略带怜悯地看了我一眼。

但在我看来，恰恰相反。想到母亲可能从时间的束缚中被切取出来，以石头的形态永远保持着美丽的容姿，我不由得心跳加速，难以自持。

"饭做好了，我给二位端过来吧。"

屋外传来女人沙哑的声音。纸门开着，但她似乎离得比较远，我们看不见她的身影。

N老师想探出身去看看她，我一脸严肃地制止了。N老师是第一次听到她的声音，却毫不胆怯地回应道："我叫N，刚刚才醒过来。听我的朋友S说您招待我们十分用心，实在非常感动。您提议把饭端过来，也是考虑到我脚上有伤吧。可这样的话，不是把您当成侍者了吗？我有个请求，希望能与您在同一时间、同一地点吃相同分量的饭菜。如果您的款待超出了这个程度，我会非常过意不去的。"

N老师提出三人在同一个房间吃饭，我在旁边用手势表示反对。

"我想多了解了解那个女人……"他小声回答我，眼中闪着光。

女人沉默片刻，似乎在思索，最后同意了N老师的请求。她的声音听起来饶有兴致，仿佛她已看穿了N老师的好奇心，只是旁观孩子的游戏一般。"我想您已经听S先生说过了，但还是要请您注意，千万不要看我的脸。"女人把用餐的地点告诉我们后就离开了。

女人的声音听起来从容不迫。我问 N 老师是否有同感，他则同样从容不迫地回答说并没有这种感觉。

我搀扶着 N 老师去用餐的地方。不知女人是不是在故意捉弄他，那地方正好在与我们休息的房间相反的方向。陈旧松散的榻榻米上摆着两个破损的坐垫，坐上去反而让人感到不舒服。

两个坐垫都放在墙边，离墙只有三十厘米的空隙。空隙里摆着木板，似乎是用来代替托盘的，上面放着两人份的饭菜。面对饭菜落座，就得背朝房间，女人大概是故意这样安排的。我和 N 老师面对着墙坐下，他脚上有伤，所以没有正坐。

我们的眼前只有一面满是裂痕的土墙。

身后传来纸门开合的声音。是她。千万不可以看她。

"二位想与我一起用餐，但我只能坐在二位的背后，失礼了。"

女人好像走到了房间的另一侧，背对我们坐了下来。我无法确定是不是这样。就算她拿着菜刀——不是为了做饭——站到我背后，我也没有勇气回过头去。或许，要等到她的刀扎进我的身体，我才能知道她在干什么吧。这样想着，我不由得紧张起来，后悔穿了这件让脖颈暴露无遗的衣服。

我在这里吃的第一顿饭，就是刚才在厨房看到的那锅热气腾腾的野菜粥，味道很淡。

我们就这样以反常的姿势背对着房子的主人用餐。房间安静得甚至能听到我们咀嚼野菜粥的声音。我一直盯着墙上的裂缝，心中忐忑不安。

我出了一身汗，但不只是因为粥很烫。N老师和女人都沉默着，却时刻留意着彼此的一举一动。我从他们并未交会的目光里看到了阵阵火花。我不敢发出一点儿声音，只是小口小口地安静地喝着粥。一想到喝完粥后把碗放下会发出声响，我就感到十分害怕。就像叹息般的微风也能吹倒高高垒起的石头一样，哪怕是不小心做出的微小的动作，也难保不会激发女人的创作欲望，让院子里又多出两座石像来。

好在餐具都是木制的，不会发出陶瓷特有的清脆声响，我的心脏也不至于惊恐得停止跳动。

"我想再来一碗。"N老师的声音突然盖过了房间里仅有的一丝细碎的声响。

在女人回答前，我屏住呼吸，筷子停在了半空中。

"好，这就来。"

我听见女人起身走向我们的声音。突然，面前的墙上映出了她的影子，把我吓了一跳。她果然是真实存在的，并不是只有声音的怪物。

N老师面朝墙壁，将手伸到后面，把碗递给了女人。"如果您不介意，能回答我一个问题吗？"他不等女人回应，就继续说道，"请问您是石眼吗？"

接下来的几秒，时间仿佛静止了一般，我的筷子也依旧停在半空中。

"啊，我还以为您要问什么呢，原来也和其他客人一样啊。"女人的声音里听不出惊讶，却有些冷淡而又饶有兴致的味道。我产生了一种错觉，仿佛这声音会龇着雪白的尖牙从墙壁裂缝的幽暗处钻出来。

"还有人问过同样的问题？"

"是的。"

"那些人后来怎么样了？"

"因为一个小小的疏忽，他们现在都被放到院子里了。"女人的这句话仿佛是有意凑到我耳边说的一般，在我脑中激烈地回响着。

"您这么说，是承认您就是石眼啊。不过，我认为石眼只是个传说，无法轻信您的话。"

"那么，您要看看我的脸吗？"

N老师过了很久才回答道："不了。"

他话音刚落，女人便走出了房间，大概是盛粥去了。

我瞥了N老师一眼，正好撞上了他的目光。

"以防万一啦……"他不好意思地笑了笑。

"那你承认她是石眼了？"

"不，我可没这么说。不过，我也不会看她的脸。"

女人端来第二碗粥，又一次站到我们身后。她的眼睛总不会长在脚上吧，于是我用力收紧下巴，斜着眼睛不动声色地看了看她的脚。

丑陋苍老的脚尖映入眼帘。她并没有穿袜子，双脚布满了深深的褶皱，如同失败的雕塑一般。

4

我们已经在这里住了一周，始终无法与山下取得联系。所幸N老师脚上的伤不算太严重，已经恢复到能拄着拐杖行走了。但他还是走不了山路，必须再休养一段时间。

不过，就算他痊愈了，我也暂时不打算离开这里。我还没有找到母亲，进山的目的尚未达成。

太阳升起来了，雾气被染成了金色。这里的雾从未散过，环抱我们的群山看起来好像一重重影子。我逐一查看院子里的石像，想从中找到母亲的身影。石像数量众多，全都一丝不挂，乍一看千篇一律。为了避免重复查看，我在看过的石像脚下的沙石上写下了我姓氏的首字母"S"，以此作为记号。

想找到母亲不是一件容易的事。一天，我又在宽敞的院子里徘徊。在给又一座石像做完记号后，我坐下来休息。那是个年轻女子，她跪在地上，抬头茫然望着夕阳的方向。这种平静温和的神态给我留下了印象。如果她穿着衣服，或许可以看出她是哪个时代的人。她的一头长发也化作了石头，还保持着迎风飞舞的状态。看着这恐怕无法以人类的双手再现的每一丝秀发，我忍不住想伸手抚摩。就在我快要碰到石像时，头发如针一般折断，散落在沙石上。我心中不禁闪过一丝悔恨。

我转过头，顺着女人的目光望去。那是一片平缓空旷的山丘，透过雾气，只能看到沙石和无数座将地面掩盖的石像。这个无声的世界似乎无限地蔓延着，已经不像是人间了。

我站起来，继续查看石像。

成千成万个被冻结了时间的人。我还清晰地记得第一次看到这种景象时受到的冲击。从石像中找到母亲的困难程度令我绝望，又使我生出几分感动。

在寻找母亲的同时，我也把附近探索了一遍。最终，我发现这是一个被群山环绕的盆地，并没有下山的路。

女人家门前有一条石子路，我和N老师就来自这条路的一头，可它的另一头通往哪里呢？原来，这条路画了一个巨大的圆弧，穿过吞没了社会老师和美术老师的陡坡，又回到了这座房子前。也就是说，这个浓雾弥漫的盆地被环状的石子路包围了，无论朝哪个方向走，最后都会来到这座房子。

绕这条路走一圈要花费一整天。路的一侧朝向盆地中心，目之所及几乎只有沙石。然而，这个萧索的世界并不是无穷无尽的。走着走着，就会看到一片树林，还有旱田和水田。目光总算接触到灰色以外的色彩，我很快便发现了可以用作食材的植物。我背着N老师走的那天，在太阳落山前看到的便是这一带的景象。

盆地外侧或是陡峭的斜坡，或是树木密集、无法踏足的地方，宛如大自然制造的牢笼。一旦进入其中，就再也回不到外面的世界。

途中会经过一座短小的石桥，桥上约三分之一都被青苔覆盖着，桥下是一条狭窄湍急的小河。我们在女人家中吃过一次鱼，想必她是在这条河里设网捕获的。

女人说她知道下山的路，可出口究竟藏在什么地方呢？她看起来想以 N 老师尚未痊愈为借口，拒绝告诉我。

和女人一起吃饭仍旧让我心惊胆战，但我多少习惯了一些，能够尝出饭菜的味道了。我总是面朝墙壁正坐，吃着餐盘上的桃子。房子周围长着五棵桃树，时时都硕果累累。从树上采摘的桃子香甜可口，没有一丝涩味，味道十分理想。

用餐时，女人会向我们打听山下的事——或者说，人世间的事。我和 N 老师向她介绍科技如何发达，她一言不发地听着。当然，我们无法知道她的表情。生活在大山深处的她究竟是怎样看待外面的世界的呢？

"听二位说了山下的事，我实在忍不住惊叹。按二位所说，那里好像生活着数不清的人。我可想象不出那种情景。如此多的人同时行动，众声哗然，二位不觉得可怕吗？"

我向女人提起了母亲的事，因为我觉得瞒着她并没有什么好处。

"来到这里的人都变成了石头，S先生的母亲恐怕也一样。如果您有心，可以去后面的仓库看看。我没有上锁，客人变成石头后留下的东西都收在里面了。"

伴随着重物滚动的声音，仓库的门打开了。混杂着各种臭味的空气扑面而来，使我每呼吸一次都感到胃部一阵抽搐。

我想起了我家的仓库，里面放着农具，囤着洋葱和芋头，还到处散落着稻草，气味也很难闻。

这间仓库大得几乎像住宅一样，没有用来采光的窗户，里面一片漆黑。在我打开门之前，它似乎一直密闭着。被雾气削弱的阳光隐隐照亮了入口，只见仓库里堆满杂物，好似一座迷宫。那些东西看起来都颇有年头，仿佛一碰就会化为尘土。

阳光无法照亮这巨大的空间，我决定添点儿火光。我用随身带来的火石和火镰点燃了烛台上的蜡烛。这些东西都是从女人那儿要来的。这座房子里没有电灯，她晚上都用蜡烛照明。

走进仓库没一会儿，我便迷失了方向。仓库天花板很高，又伸手不见五指，宛如建在太空中的迷宫一般。举着蜡烛在微弱的光亮中寻找母亲的遗物，就像大海捞针一样困难。我也不知道母亲身上有什么东西，说不定她进山时什么都没带。就算能找到母亲的东西，也无法弄清变成石头的她究竟身在何处，只能证明她确实来过这里。

我想要告诉腿脚不便的 N 老师今天的情况，决定离开仓库。为了尽快痊愈，他一直在屋子里静养。可最近他实在按捺不住好奇心，为了去看那些变成石头的人而到院子里散步。他拄着一根像是神仙用的木制拐杖，是女人给他的。直到现在，他还是不愿承认那些石头原本都是人。

我好不容易回到入口，吹灭蜡烛。烛火剧烈晃动了一下，随即熄灭了。就在那一瞬间，有什么东西反射了烛光。我惊讶极了，就像在古迹中发现了电灯的开关一般。

那件反光的东西有一大半被埋在杂物里。是一台老式宝丽来相机，刚才那道反光就来自闪光灯的反光镜。

我试图把相机拽出来，积压在上面的杂物纷纷散落。相机上有一根带子，带子另一端缠在一只女用挎包上。我一看到这些东西，就知道它们的主人是谁了。相机坏了，包里只有一张老照片和一个化妆盒。不过，有这些东西就足够了。

化妆盒上有一面小镜子，我觉得能派得上用场，便决定带走。这座房子里没有镜子，我早就发现了这一点。至于为什么没有镜子，我想并不难理解。

那张照片是在室内拍摄的，上面有一对面带笑容的母子。他们所处的那个房间还依稀留在我的记忆里。闭上眼睛，母亲哼唱的那首熟悉的摇篮曲又回响在我的耳边。我把照片揣进怀里。

"我明白你为什么认为那些石头原本都是活人了。老实说，看着它们，我感觉有点儿毛骨悚然。"

"是吗？我反而觉得感动。"

我们待在自己的房间里，N 老师正在换绷带，笑着对我耸了耸肩。

"我从小就不擅长写实的绘画和雕刻。那些挂在音乐教室里的贝多芬、毕加索的画像尤其让人讨厌。不过，福泽谕吉的画像我倒是很喜欢。"

"毕竟他被印在钞票上嘛。不过，音乐教室里好像没有毕加索的画像吧？"

N 老师往脚上抹了女人给他调制的药膏。那东西好像很管用，他的脚已经肿得不那么明显了。

"总而言之，我现在还是不相信那个女人就是石眼。虽然我不懂雕刻，但我认为那些石像都是人造的。只要有目光接触就会变成石头，这也太不合常理了吧。"

"可是，你也不看她的脸呀。"

"当然不了。别看我这样，其实我胆子可小了。不过，要是哪天我变成石头了，我应该就相信石眼真的存在了。"

吃饭时间到了。

N老师问女人每天都是怎么过的。

"平时我不是在地里，就是在自己屋里。如果我下地了，请您不要靠近那一带。就算距离很远，只要撞上了我的视线，您就会变成石头。"女人用一如既往的沙哑声音回答道。

不知道N老师有什么样的感觉，但我每次听她说话都紧张万分。如果世上真的存在倾听神明之言的巫女，恐怕她每次都要经历与我相似的恐惧吧——那种眼下还算安好，却不知对方下一秒会说出什么的恐惧。

"承蒙您的关照，我们不胜感激。我的脚能消肿到现在的状态，多亏了您调制的药膏。不过，我还是无法相信您就是石眼。我有个不情之请——您是否可以当着我们的面，把什么东西变成石头给我们看看呢？"

听到 N 老师的提议，我差点儿没握住筷子。

"N 先生，您真是个有趣的人啊。不过，能否请您别再提出这种要求呢？"

"我的好奇心一定给您带来了困扰，但我保证，这是最后一次劳烦您。请您无论如何答应我的请求。"

过了好一会儿，女人回答道："既然您说到了这个份上，那么我也改变主意吧。等二位用餐完毕，请到门口附近的桃树下去吧。"

我们听从女人的话，来到了桃树下，但她没有出现。

"请二位保持现在的状态，看着桃树的方向。"

我们身后响起了女人的声音，脚踩踏沙石的声音也离我们越来越近。千万不能回头——

"一会儿就会有小鸟来啄食桃子，我会把它……"

变成石头给你们看。

女人的说话声在耳边响起，她呼吸的声音也顺着空气传来。我凝视着桃树，克制住回头的冲动。

果然如她所说，一只小鸟飞到了桃树上。小鸟有一身洁白蓬松的羽毛，在树枝上蹦蹦跳跳，脑袋转来转去，随后跳到了一颗熟透的桃子上。它发出清脆悦耳的叫声，开始啄食脚下的桃子。

小鸟朝我们这边瞥了一眼——准确地说，应该是瞥见了我们身后的女人的眼睛。

一瞬间，不知发生了什么，桃子突然从树枝上脱落，掉在了地上。小鸟还保持着站立的姿态。

"我还要下地干活儿，就先告辞了。N先生，您脚上有伤，尽量别四处走动才好。"

我们身后响起女人离开的声音。

我们捡起地上的桃子，仔细查看。桃子落到地上的时候，小鸟已经和桃子分开了。我很肯定，在掉落的那一瞬间，小鸟确实是站在桃子上的。桃子没有什么变化，只是残留着小鸟啄食和落地时磕碰的痕迹。然而，小鸟虽还保持着刚才的姿势，却已经无法动弹了。雪白的身体化作灰色，变成了石头。

我将小鸟放在手中掂量，那确实是石头的质感。小鸟原本柔软的羽毛变成了坚硬的石头，体温也已经消失。它成了冷冰冰的一块，拿在手里沉甸甸的。

"桃子之所以掉下来，是因为石头的重量吧。小鸟活着时身体轻盈，但突然变成了分量很重的石头，桃子承受不住这一变化，所以掉了下来。"N老师淡然地解释道。

"你承认那个女人的力量了吗？"

他有点儿不甘心，眼里闪着兴奋的光芒。"不，我决不承认。这一定是在做梦。既然如此，我就要看看这个梦的边界到底在哪里。现在我的好奇心更强烈了。对了，S 老师，你之前好像说过她的房间里有个木盒，对吧？"

"那是我刚在这座房子里醒来时的事情了。当时我四处寻找这家的主人，结果走进了女人的房间里。就是在那个时候，我看见了一个小木盒。"

"关于石眼，在不同的地方有不同的传说，比如……"

"除了那双能把生物变成石头的眼睛，石眼怀里还藏着一双真正的眼睛——你是想说这个吧？"

"而且，如果刺穿那双真正的眼睛，石眼就会悲痛欲绝，变成石头。"

"你是想说，那个盒子里装着女人真正的眼睛吗？"

"你不是说盒子像是被精心地供奉着一样吗？里面一定藏着对她来说特别宝贵的东西。按传说来看，那说不定就是石眼的死穴。"

我看着他兴奋的目光，明白他在想什么了。"难道你想潜入她的房间，看看盒子里装的是什么东西？"

"现在那个女人不是在田里么？"N 老师的表情仿佛在说，决不能错过这样的好时机。

我把变成石头的小鸟放入怀中，潜入了女人的房间。屋里还是空荡荡的，我记忆中的木盒却不知所踪。

"你确定是这个房间？"

这座房子里的房间多得让人记不清，但我肯定就是这里，因为那张木桌就在屋子一角，只是上面的盒子不见了。想必女人早已看穿了我们的心思，把木盒藏起来或随身带走了。

N 老师露出混杂着失望与兴奋的表情。"看来她真的不希望我们看见盒子里的东西。你不觉得很有意思吗？"

他这么有胆魄，我不禁受到了鼓舞。如果我一个人流落到这里，不知会发生什么。

我们回到了自己的房间。

深夜，躺在被窝里熟睡的我被 N 老师摇醒了。他握着一根点燃的蜡烛。

"怎么了？"

"我打算去一下那个女人的房间。白天木盒不在，一定是被她藏在身上、带到田里去了。现在那家伙肯定放松了警惕睡得正香，盒子说不定也放回到你之前看到的地方了。"

"难道你是想趁她在屋里睡着的时候，溜进去看盒子里的东西？"

"我尽量不吵醒她。"

我拉住了他。"太危险了！何况你脚上还有伤！"

"那个女人岁数很大了。要是我爷爷，我在他耳边大吼大叫都吵不醒他。那个女人如果睡着了，肯定也一样。再说，我的脚也好得差不多了。"

"我可不和你去。"

"我又没叫你一起。你就安心等着我回来告诉你盒子里有什么吧。"

N 老师消失在门后。

我盖好被子等着他回来，一夜无眠。就这样，直到天亮，他也没回来。

5

快到早饭时间了，我独自走向用餐的房间。N 老师一夜未归，我心中自然充满了不祥的预感。

用餐时，N 老师平时坐的地方没有放坐垫，连早饭也只准备了我一个人的份。

我像往常一样面朝墙壁正坐，感到身后有人走了进来。

是她。不得不单独与她相处，我十分恐惧。

女人坐了下来，直勾勾地盯着我的后脖颈。没错，我能感受到她的目光。后脖颈好像被烙铁烫过一般火辣辣地发热，但我不敢回头，只能看着墙上的裂缝汗流浃背。

"我对那个人太失望了。"女人开口了。我顿时感觉肺像被堵住了一样，呼吸困难。"真是没想到，我待他这么好，他却这样对我。"

她的声音乍一听和平时没有区别，却透露出一丝难以察觉的颤抖。我从中意识到她十分危险，顿时感到血液涌上了头顶。"出、出什么事了？"

"哎，您已经猜到了吧。"

我强忍着嘴唇的颤抖，挤出一句话来。"我想听您亲口告诉我。"

"那位先生昨夜被变成了石头。具体过程也就不用我多说了吧？我怀疑那位先生精神不正常。难得我特意为他调制了药膏，希望他尽快好起来，没想到却遭到背叛，真是让我心寒。早知如此，我就不该把二位带到这里来。我真是为我的天真感到后悔啊。"

女人平淡的话语压迫着我的心脏。

她又指责了一会儿 N 老师，然后我们开始吃只有两人的早餐。当然，我们始终没有面对面。

"无法活动的 N 老师现在在哪里？"

"您到我的房间来就知道了。"女人沉默了一会儿，继续说道，"S 先生，我相信您和 N 先生不一样，一定不会辜负我的心意。希望昨夜那种影响我们的情谊的事再也不会发生。"

感受到了女人的视线，我握着筷子的手上起了一层鸡皮疙瘩。那视线极为诡异，让我感到背上好像生出了无数条蛆一般黏稠。

"如果您不希望我继续住在这里，就请直说。N 老师现在已经不在了，我一个人随时可以下山。"

"您找到令堂了吗？"

"没有。"

"在找到令堂之前，您大可在这里安心住下去。我相信您，也希望您在这里多住一些日子。还是说，您对这里的生活有什么不满意吗？"

"完全没有。这里气候宜人，又很安静，我生活得十分舒适。您对我也非常好。"

实际上，生活得十分舒适是我的真心话。

"既然如此，那您为什么要下山？您可以在这里一直住下去呀。"

不知是不是我的错觉，她平静的声音里似乎带着一丝满足。

我咬了一口桃子。老实说，对于这甘美的桃子，我也已经腻了。

"在这里能看到很远的地方吧？"

N老师没有回答。

饭后，我来到女人的房间前，发现N老师伸直了双腿坐在那里。他右手握着拐杖，左手放在胸前。那根拐杖被卡在了变成石头的手中，无法取出来。N老师脸上挂着得意的笑容，视线朝向左手指尖。可以想象，他当时也许用左手拿起了盒子，正要打开盒盖时，那个怪物醒了过来。

我不忍心把他留在女人的房门前做摆设，于是花了半天时间将他移到院子里视野较开阔的地方。不过毕竟是在浓雾之中，能见度可想而知。

在众多伫立着的石像之中，只有他一人穿着衣服坐在地上。

我今天也和平时一样，开始寻找母亲。地面上标满了代表已经查看过的"S"记号，我想大概过不了多久，我就能查看完所有石头了。在找到母亲的面容之前，只要在没有标记过的石头中寻找就可以了。

然而，这些看似有限的石像却好像无穷无尽。从我和女人单独用餐开始已经过了一个星期，我还是不断发现没有做过记号的石像。按照预想，我明明应该已经查看过所有石头了，但奇怪的是，新的石头还是源源不断地出现。我仍旧没有找到母亲，心中越来越焦躁。我仿佛成了走丢的孩子。

我像得了梦游症一般在浓雾中徘徊。那些纹丝不动的人影宛如亡灵般时隐时现。除了沙子就是石头，几乎没有生物的踪影，只是偶尔能见到巨大的蛇吐着猩红的芯子在石间游走。

我已经筋疲力尽，一下子坐在布满沙石的地上。阳光穿过浓雾，微弱的光芒将四周染成白色。我的心中一片昏暗，没有一点儿亮光。

身后有人说话。是那个女人的声音。

"我正要到田里去，就看见了您的身影，所以和您打声招呼。看您坐在地上，一定十分疲惫吧。不知您见到令堂了吗？"

"够了，这样一直找下去，永远也没个尽头。每当我以为是最后一块石头时，雾气里又会冒出新的石头来。这些人形的石头简直就像是雾气凝聚而成的。我多想看一眼超越了时光、依旧美丽的母亲啊！可是，我觉得我已经到极限了。我想我很快就要下山去了，不管目的是否达成。"

"我为您提供一日三餐，让您生活得舒适称心，可您不跟令堂见一面，就要离开这里了吗？何必着急回到那种熙攘嘈杂的可怕的地方呢？我劝您还是留下来，好好欣赏这些石头。只有在这里才能看到如此精巧的东西。这些石头赏心悦目、无声无息，没有人不会被它们感动。即便如此，您还是要离开这些石头，到外面生活吗？"

"我对您的话深有同感。只是我在山下还有一个叔叔，他是我唯一的亲人。如果我迟迟不归，他一定会很担心。"

"S 先生，虽然非常抱歉，但我还是不禁犹豫是否要把下山的路告诉您。我并非期求您的回报，但您执意无视善待您的恩人，把我独自丢在山里便离去，这未免太薄情了。您难道不这么觉得吗？"

女人沉默地站在那里，似乎在等我表示赞同。但我并不想这样做。

"您难道不这么觉得吗？"

她又重复了一遍。我渐渐感到她的声音非常刺耳，还有一些恐怖。

"嗯，我也这么觉得。"我想尽量和她友好相处，不得不表示赞同。

"我的言辞或许有些过分，但全都是为您着想的忠告，还请您原谅我如此冒犯。还有，我并不是想要把您永远束缚在这里。至少在您见到令堂前，让我继续照顾您的饮食起居吧。等你们母子团聚后，我再把下山的路告诉您。"

女人说完便离开了，我又开始在雾中寻找母亲。一瞬间，我有种自己会在这些石像中死去的错觉。

我回想着女人说的每一句话，心渐渐被侵蚀成一片绝望的灰色。在找到母亲前，我无法离开这里吗？即使见到了母亲，女人真的会告诉我下山的路吗？她似乎很希望我留在这里，这是为什么呢？因为寂寞？怎么可能呢，石眼怎么可能会有这样的感情？

女人把我留在这里，是不是为了把我变成石头？她似乎和我一样，从变成石头的人身上感受到了美。这里的石头全是她的藏品，院子就是她的美术馆。总有一天，她会找到按下快门的最佳时机，用一个眼神把我永远封存在时间的车轮中。

想到这里，我心中突然涌上一阵困惑。那个怪物真的抱有这样的企图吗？如果是真的，我就面临着生命危险，但我没有证据。最重要的是，在那个女人看来，像我这样的人算是什么样的拍摄对象呢？

只要找到变成石头的母亲，前方就会有出路。我不断这样鼓励着自己，继续在雾中前行。

我又找到了一座没有标记的石像。那是一个面朝夕阳的方向、跪坐在地上的年轻女子，表情平静温和，让人印象深刻。

我感到双腿的力量像被抽去一般跪了下来，和年轻女子姿势相同。我感到她似曾相识。大部分石像都已从我记忆中消失，但这个女子平静温和的神态仍残留在我的脑海中。我早就查看过这座石像。她的一头长发在风中飞扬，当我伸手去触碰时却折断了。那些散落在沙石地上的针状碎石就是证据。那么，地面上为何没有标记呢？被抹去了，被那个女人抹去了——她一定猜到了这个记号的含义，故意抚平了沙石，让我反复查看相同的石像。

母亲变成的石像恐怕已被藏到其他地方，她却让我在没有母亲的地方不停寻找，一点点削弱我的精力。她煽动我因为寻觅不到母亲而产生的不安和焦虑，决不会错过我到达极限的瞬间。她会像按下快门一样，使我痛苦的表情永远定格。

我想起人们化作石头后的表情，有的从容平和，有的痛苦不已。我不禁一阵战栗。难道那些表情都是她的杰作？难道她想要的是从心底流露出情感的石像？

那个女人并不满足于把人变成石头。她巧妙而不着痕迹地让素材最大程度地接近她理想中的形态。

在我身上，她想挖掘的是痛苦的表情——整天在石像中徘徊，却永远无法与母亲相见的痛苦。她花了很长时间，一边挽留想要离开的我，一边图谋将我变成石头。这就是她的计谋，她的游戏。

如果我变成石头，她一定会在我的脖子上挂一块牌子，上面写着作品的名字。会是什么名字呢？也许是"绝望"吧。如果这就是她的想法，我现在的表情想必已如她所愿。

我想女人很快就要动手了。她一定会站在我面前宣告游戏结束。在此之前，我必须行动起来。

6

深夜，大雾竟散去了，空气冷冽而寂静。

我举着蜡烛，在厨房找到一把菜刀。刀刃上锈迹斑斑，肯定不太锋利。但这座房子里能用来杀人的东西，就只有这把刀了。

　　如果现在松懈下来，我一定会就这样站着晕过去。夜晚紧绷的空气化作无数只手，缠着我的双脚，让我难以前行。

　　我的计划是把女人叫出来，趁她不注意时吹灭蜡烛，在黑暗中用菜刀了结她的性命。

　　女人的武器是在对视时便可将人变为石头的致命目光，因此我必须始终紧闭双眼。不过，说到底，她的优势也就只限于那双眼睛。

　　在这里住了几个星期，我发现她除了能用眼睛把人变成石头以外，没有其他特殊的能力。既然如此，只要我不睁开眼睛，应该就不会有事。换个角度想想，她其实和一个上了年纪的老人并无区别。

　　如此一来，只要夺走她的视觉，我们便势均力敌了。到时候，像我这样怀里藏着武器、被逼到角落的老鼠反而会占上风。

　　吹灭蜡烛，就是为了用黑暗夺走女人的视觉。我知道她在夜里也是要靠蜡烛照明的。

　　我来到女人的房间前。

"请问您在屋子里吗？我是 S，深夜打扰您，非常抱歉，但我有事情想对您说。"心跳越来越快。我轻轻地呼吸着，以免让她听见我的喘息声。

房间里传出女人的声音。"您的事情重要到非得把我从睡梦中叫醒吗？"

"是的，是很重要的事情。隔着门的确不太方便说，因此想请您到别的房间谈一谈。如果您对我心怀怜恤，愿意听我说，就请跟我来吧。"

过了一会儿。

"好吧，先容我准备一下。"

"我带了蜡烛，请您直接出来吧。"

我背向房间，听见女人打开纸门走出来的声音。如我所愿，她没拿蜡烛。如果拿着蜡烛的不只我一个人，计划就会被打乱。

女人跟在我身后。我们穿过正对院子的走廊，晴朗的夜里，只有我手中的一丝光亮在闪烁。明明是夏天，烛火却没有引来一只飞虫。

我知道女人一直在背后盯着我，真想转过身去蒙住她的眼睛。可如果不保持镇定，我随时都可能被她的目光吞噬。

我走向位于房子中央的房间。要是选择对着院子的房间，就算烛火熄灭，月光也可能会透过纸门照进来，让女人看清周围的状况。

我们来到了一个完全符合我的要求的房间。我走到屋子中央，把蜡烛放在身前，坐了下来。女人就坐在我后面，似乎没有背对着我，而是用凌厉的目光凝视着我。

"我还是决定离开这里。"

女人似乎没有理解我的意思，沉吟了片刻后才答道："S 先生，没想到您竟会说出这种话，真是太让我失望了。您不是还没找到令堂变成的石头吗？"

虽然她尽量装出和平时一样的语气，我却从中听出了一丝隐隐的焦躁。闭上双眼，我仿佛看到女人强烈的感情像巨浪般向我涌来，恐怕是愤怒和杀意吧。我不愿轻易服从，对此她一定十分不满。

"今天中午，我终于与母亲重逢了。这全是托了您的福，我真不知该如何感谢您才好。"

背后传来空气撕裂般的声音。"撒谎！您只是想知道下山的路，才对我说了这些假话，不是吗？"

"怎么会呢？母亲就像我想象中一样，美丽地站在那里。她在那片如梦如幻的雾海中，保持着永恒的微笑。我终于如愿以偿，所以才决心离开的。"

"这不可能，您说的全是假话。又或者，您看见的石头并不是令堂。"

我感到心脏快要停止跳动了，必须保持镇定。汗水顺着脸颊滑落下来。只要我稍有动作，我与女人之间微妙的平衡就会被打破，因此我连汗都不敢擦。现在，我就像坐在一根细细的丝线上，脚下是通往地狱的万丈深渊。

"您凭什么这么说呢？难道您为了阻止我离开，把我母亲的石像藏起来了？"

"您怎么可以说出这样的话！您晕倒时，我悉心照顾您，不求任何报酬，这就是您回报我的方式吗？"女人的声音越来越尖厉，"口出狂言，举止粗鲁，真是太过分了！如果您现在就请求我原谅，我还可以考虑考虑。向我诚恳地道歉吧，否则，就只好请您做好最后的心理准备了。"

我掐灭了烛火，黑暗吞没了一切。

女人吃了一惊，我真切地感受到了。在黑暗中，我做了曾在脑中练习过无数次的动作。我站起来，同时掏出藏在怀里的菜刀。

我屏住呼吸，紧闭双眼。这很像小时候玩的蒙眼鬼游戏。我的身体有记忆，即使在黑暗中，也知道自己处在房间的哪个位置。通过衣服摩擦的声音，我还能知晓女人大概的方位。

我举起菜刀，刺向女人刚才所在的地方。我瞄准了她的腹部，但是刺空了。

女人从一旁扑向我的腿。她的胳膊很细，就像是某种不知名的动物一样。意想不到的是，她的力气很大，狠狠勒进我皮肤里的手指传来憎恨与诅咒，还有种种阴暗的情感。在惊恐中，我仰面倒了下去。

失去平衡的我开始胡乱挥舞菜刀。刀扎进女人的皮肤的瞬间，我感受到一种指尖扎到气球时的有弹力的阻力。刀尖刺进了肉里，锈迹斑斑的刀刃划开一道口子，再往里深入，直到刀柄也没入皮肤。刀尖碰到了什么硬物，想必是骨头。我松开握着菜刀的手，女人发出野兽般的哀号。

我连站都站不起来，就这样挣扎着朝和哀号相反的方向逃去。我的脑海被浓郁黏稠的血腥味染成一片血红，某个角落却有一个念头——那个女人终于完蛋了。我稍稍安下心来。我不知道自己刺中了什么地方，不过凭借双手的感应，我推测她应该受了很重的伤。只要逃进树林里，她就不会追过来了。

好像听到什么硬物被敲打的声音，大脑向我发出危险的警报。那是火石的声音，女人想点火。我这才意识到她身上还藏了这种东西。

燃烧的声音——是纸门。她打算用火焰照亮屋子。

突然，我的脸颊上传来强烈的压迫感。一定是女人用双手夹住了我的脸。她的气息喷在我的脸上。她就在我眼前。

"快！睁开眼睛！"

女人用力摇晃着我的脸，语气强硬地发出命令。我拼命集中仅存的一丝意识，抵抗她不容置疑的声音。

突然，我想起了我揣在怀里的东西。那是母亲留下的化妆盒。

"我叫你把眼睛睁开！"

这声音仿佛是从幽深的洞穴底部发出来的。女人用沾满鲜血的手不停抚摩我的脸颊。

我努力不让她察觉，打开了怀里的化妆盒。我心中祈祷着，将镜子推到女人面前。这样一来，女人通过反射看到自己的视线，就会变成石头。然而，事与愿违，女人抬手一挥，母亲的遗物就从我手中消失了。

女人执拗地要求我睁眼睛。我摇着头，试图挣脱她钳住我脸颊的双手，却无能为力。我想，我或许连眼泪都流了出来，但我下定决心无论发生什么都决不睁开眼睛。哪怕被火烧也好，被刀扎也好，我都决不成为这个女人的石头。

房间发出被火焰烧焦的声音。不知什么时候，女人放开了我的脸。刚才还近在咫尺的呼吸声也消失了。

我听到了无比熟悉、却不该在此时出现的声音。这声音刺痛了我的胸口，就好像是老电影里的音乐一样。是母亲曾唱给我听的那首摇篮曲啊——

我忘记了石眼模仿孩子的声音、骗母亲回头的故事。当我意识到这可能是个圈套时，一切都晚了。

我呼唤着母亲，睁开了眼睛……

7

睁开眼，首先映入眼帘的是雪白的天花板。我躺在床上，胳膊上连着输液管。环视四周，那个女人已经不在了。没有纸门被烧过的痕迹，只有窗帘在轻轻随风飘动。这一切都是梦吗？我用手指轻按胳膊，确定还有弹性。看来我没有变成石头，我松了口气。

过了一会儿，护士和医生走了进来，告诉我这里是医院。

医院给叔叔打了电话，通知他我已经醒了。不到十分钟，叔叔就带着鲜花和其他东西赶了过来。我从他口中听到了事情的详细经过。

从我和 N 老师进山那天算起，已经过去一个月了。人们认为我们在山中遇难了，所有的搜山工作都无功而返。就在大家对我们活着这件事不抱希望的时候，我突然被找到了。

两天前，我顺着河漂了下来，就是我小时候曾在青苔中发现手形石雕的那条河。被送到医院后，我一直昏睡到了今天。我问起 N 老师的下落，叔叔遗憾地摇了摇头。

叔叔把鲜花插在花瓶里，又拿出了一件东西。那是一个布袋，当我看到袋子里的东西时，心跳越来越快。

"这是在河边找到你时你衣服里裹着的东西。"

一只石头小鸟，一个木盒……我突然被抛回了那夜那个充满血腥味、被火光照亮的房间。被我遗忘的景象如同飞溅的火星，重新回到脑海中。

叔叔正要打开木盒，我慌忙地阻止了他，问道："叔叔，还有别的东西吗？在河边发现我时，我身边应该还有一块石头，一块人腿形状的石头。"

我们以为是石眼的那个人，其实并非石眼。那天夜里，我睁开了眼睛，并没有变成石像，却看到了一个哼唱着摇篮曲的苍老妇人。

在熊熊燃烧的火焰中，那女人对我讲述了她的前半生。

她年轻时走进山中想自杀，却意外来到了这座浓雾缭绕的老房子。当时这里还住着真正的石眼。石眼试图把她变成石头，却一直没能成功。不久，已对世界绝望的她和孤独地生活在山中的石眼之间渐渐产生了类似友谊的感情。为了自杀来到山中的女人终于在这里得到了安宁。

女人身上碰巧带着一台宝丽来相机。她一直没有放弃自己摄影师的身份，即使选择自杀，也没有放下相机。

一天，女人在不看取景器的状态下给石眼拍了一张照片。据她说，石眼对那台相机怀着天真的好奇心。女人按下快门，并把还没显影的照片递给了石眼。就在那时，不幸发生了。

影像渐渐显现出来。石眼兴致勃勃地盯着从未见过的新奇事物，就这样化为石头。原来，照片上的双眼也有魔力，石眼自身变成了石头。

即便如此，石眼的眼睛仍能把所有碰上她目光的动物变为石头。女人觉得留下那双眼睛太过危险，便把她唯一的、化作石头的朋友砸得粉碎，然后埋葬了。

从那以后，女人就假扮成石眼，一直守护着这座房子。她早已对一切绝望，只有在这个世界里，她才能平静安宁地生活。她无法容忍那些试图破坏这个世界的人，便用石眼的照片把他们变成石头。

时光飞逝，女人渐渐老去。一天，两个看似在山中遇险的人出现在她面前。听到其中一个人的名字时，她大吃一惊。那个人就是她走进深山时留在山下的孩子，如今已长成大人，就站在她眼前。

孩子并没有发现年迈的女人就是母亲。不仅如此，他还坚信母亲已化为石像，依旧保持着年轻时的美丽容颜。

回首往事，她其实是个自私的母亲，是个为了工作扔下孩子的人，现在她怎能有脸面与孩子相认呢？既然如此，她宁愿保持她在孩子心中的美好形象，永不随时间风化，永不崩塌。女人决定不与孩子相认，始终假扮成石眼。

一开始，她打算在另一个人痊愈后就立刻让他们离开的。可是，共同生活了一段时间后，她越来越舍不得孩子，害怕再次被留在深山里独自生活。就这样，她开始思索如何让孩子一直留在这里……

火势越来越猛，若不尽快离开，就会性命难保。

菜刀刺中了女人的大腿。从出血量来看，她一定是没救了。她最后请求我把木盒拿过来，想在死前最后看一眼曾经的好友石眼。原来，那个木盒里放着石眼的照片。把小鸟变为石头的时候，她一定是在我和 N 老师的身后拿出了藏在怀里的照片。

为了拿到盒子，我冒着大火奔向她的房间。她把木盒留在屋子里，也许是从一开始就不打算把我变成石头吧？

我把盒子交给她，然后转过身去。

身后响起了一声叹息。

多美啊，没想到你竟有如此美丽的容颜……

很快，女人的呼吸声消失了。她变成了石头。菜刀划开的伤口成了石头上的裂痕，腿从裂痕处断开，滚落在榻榻米上。

我将女人手中的照片放回盒子里，小心翼翼地不去看它。在人生最后的那个夜晚，N 老师应该是看到了这个盒子里的东西吧。他伸着双腿变成石头，大概是因为他成功偷走了盒子，正安心在屋外坐下并打开了盒盖。他凝视着指尖，是因为手上拿着那张照片吧。

不知什么时候，我已经来到铺满沙石的院子里，光着脚，凝视火光中的房子。那之后记忆就很模糊了。我只记得，我双手抱着女人化作石头的腿，沐浴着月光，跣足穿行在林立的石像之间。

如此看来，我后来跳进了河里。我是要自杀吗？还是在混乱的思绪中，忽然意识到顺流而下就是正确的下山之路？

那个盆地被一条环形的路所包围，可路上只有一座桥，这就有点儿奇怪了。假设那条河横贯盆地，应该有两座桥才对。既然只有一座，就意味着河流要么是从那个盆地中涌出的，要么止于那个盆地。然而，这两种情形看起来都不是。那个空间似乎是以不可思议的方式连接起来的，而那条河正是牢笼的出口。如果把那个盆地比作子宫，那条河就相当于产道。小时候我在河边捡到的石头大概就是被河水从上游冲下来的。

人们在河边发现我时，我身边并没有变为石头的腿，也许是中途掉落了吧。

我被转移到了集体病房。邻床的孩子指着我床头的石头小鸟说："真棒啊，好像活的一样。"我把石头小鸟送给他，他则让我看了他给母亲画的肖像。那是一幅蜡笔画，充满孩子稚嫩的气息，但我觉得它比我画的任何一幅画都要美。

我告诉孩子我是一名美术老师，于是孩子问我怎么才能把妈妈画得更漂亮。我对他说："不用在意技巧，只要一心一意地为妈妈画画就可以了。做到这一点，妈妈就一定会很高兴。"

出院以后，我每天都会到河边走走。

我时常想起那座被烧毁的房子，还有那个年迈的女人。令我感到意外的是，每当我回想那一切，心中都会溢满怀念之情。

现在，我还在犹豫是否要打开手中的木盒。在临死之际，我也想看看照片上的人的容貌，也想变成一座石像。不过，现在还没到时候。

我总是一边漫步在河边，一边注视着河底。邻人看到我，便问："您在找什么东西吗？"

我回答道："是啊，我在找我母亲的腿。"

小
初

1

约定时间已经过了一会儿，木园走进咖啡厅。很久没和他见面了，我莫名地感到有些难为情。

"小初的一周年忌日快到了，我们买束花，到那家伙死去的地方看看她吧。"

一周前，我接到了朋友木园淳男的电话。

小初因事故死亡已经整整一年了。她乘坐的公交车在过桥时迎面撞上了一辆卡车。公交车从桥上坠落，几乎所有乘客都遇难了，只有一个小孩奇迹般生还。

我很熟悉事故发生的那座桥。它年代久远，栏杆很低，所以公交车才会坠入河里。我还保留着那起事故的新闻剪报。在遇难者名单中，小初的名字赫然在目。

"要是出了什么意外，我突然死了，那也和一般人的死不一样，你不必为此伤心。"小初曾对我说过这样的话。

2

小学四年级那年，我认识了小初。

上小学时，我是个"角落孩儿"。所谓角落孩儿，就是喜欢待在角落里的小孩。

我最喜欢窗边的座位，偶尔因为换座位挪到教室中央时，就会感到不安。拍照和走路的时候，我都会避开中间的位置，选择角落。我非常讨厌引人注目。

老师以为我是个特别老实的孩子。上小学时，我的成绩还没有差到引起关注的程度，我也从不和老师对着干。身边的朋友也都认为我是个认真老实的人。

不可思议的是，一旦周围的人都这样看待我，我就感觉我的行为举止必须符合他们的看法。小时候的我单纯的大脑里充满了这样的想法。我每天都绷紧神经，力求不生出风波，以免引起老师的注意。

然而，地球是圆的，真正的角落根本不存在。有一天，我还是被罚站在教室中间了。

　　那时我上小学四年级，我所在的班级负责照顾学校饲养的小鸡。所谓照顾，就是每天傍晚去喂食、每周打扫一次鸡舍而已。只不过，麻烦的是放假的时候也要到学校喂食。

　　全班同学分成六组，每周一组轮流负责照顾小鸡。每个人都嫌鸡舍太臭，不愿做这项工作。鸡舍地上全是鸡粪，女生甚至都不愿走进去，因此照顾小鸡的基本上是男生。而且，只要男生从鸡舍出来，女生就会对他们说"好臭啊，别过来"。

　　我对这项工作特别上心，因为我本来就喜欢小动物，又不想辜负老师对我的期待。在这样尽职尽责地喂食打扫的过程中，我渐渐对那些鸡产生了感情。我有自信，我一定是最疼爱小鸡的人。班里一大半人甚至没发现小鸡孵出来了。

　　一天，有人把打扫鸡舍的事推给了我。其实应该由当班的全组同学一起打扫的，可大部分人都一声不吭地走了。打扫鸡舍确实非常辛苦，而且臭气熏人，那次连我都有点儿想哭了。不过，并不是所有人都走了，还有一个男生留下来帮我一起打扫。他就是木园淳男。

那年，我和木园淳男第一次同班。① 他戴着黑框眼镜，龅牙，个子不高。我总觉得他长得就像美国人想象中的日本人，但我忍住没说，而是谢谢他留下来帮我打扫鸡舍。在此之前，我们几乎没说过话，仅仅有一次我把作业本借给他看。

就在木园去拿冲洗鸡粪用的水管的时候，我不小心把我百般疼爱的一只小鸡踩死了。我受了很大打击，捧起断气的小鸡，一时不知如何是好，就把它装进了口袋里。

木园回来以后，看到我的脸色，问我："你怎么了？"我不记得当时是怎么回答他的了。不知不觉，打扫就结束了。向班主任报告后，我站在放在教室里的书包前，心想也许那只是一场梦呢。把手伸进口袋里，可惜还是摸到了已经变得冰冷的小鸡，我顿时感到心灰意冷。

木园已经走了，教室里只剩下我这个走投无路的小学生。

这时，我的脑子里响起了一个与平时的自己大相径庭的狡猾声音。"扔了吧！冲进下水道里，就没人发现了。"

---

① 日本的中小学每隔一段时间就会重新分班，大多数情况下小学每两年一次，中学每年一次。

我居住的小镇地下有石头砌成的古老水道。水道很宽敞，连大人都能挺直身子在里面行走，但已经荒废了，只残留着蚁穴一样的地下通道。据说它很有历史价值，此前还有人深入其中做过调查。我升入小学时，调查已经停止了，不过也曾听说修路时撞上水道的事。虽说如此，已经没人知道水道的入口在哪里了。既然有人到里面做过调查，那么入口应该就在镇子的某个地方，然而没有人知道，也没有人留下记录。所以，虽然人人都知道存在水道，却几乎没有人真正见过。大家都把那个无人知晓入口的巨大地下水道称为"下水道"。

我撕下笔记本的最后一页，把死去的小鸡裹得严严实实。其实冷静想想，下水道和排水沟未必连在一起，但当时的我无法做出这样的判断。我把小鸡硬塞进洗手间的排水沟里，逃也似的往家跑。我一步都没有停，也没有回头，因为我实在是太害怕了。

第二天，我想请假不去上学，却又没有勇气装病，只好拖着沉重的脚步走进教室。我裹在纸页里的小鸡被发现了，同学们围着一动不动的小鸡议论纷纷。

我竭尽全力装出一副镇定的样子。

"太过分了，到底是谁干的？听说是塞在了洗手间里。"

听朋友这样说，我随口附和，装出吃惊的样子。过了一会儿，班级的中心人物——一个既有威望体育又好、特别引人注目的男生提议道："我们把凶手找出来吧。"听了这句话，教室里群情激奋，我害怕极了。

几个平时为人处世态度不好的人被列入了嫌疑人名单。不过讨论到最后，同学们还是得出结论：凶手不是我就是木园，因为昨天放学后只有我们在打扫鸡舍。

"耕平不可能杀死小鸡。"不知是谁这么说了一句。大家都认为我是个诚恳老实的人，木园给人的印象却不太好。他总是顶着睡得乱蓬蓬的头发，好几个月都不把运动服拿回家洗，身上臭烘烘的。他学习成绩很差，体育也不好。于是，同学们都觉得是木园把小鸡杀死并扔到了洗手间里。

"淳男，凶手就是你吧！"一个女生话音刚落，全班同学都开始攻击淳男："太可恶了！小鸡太可怜了！"

还有几个女生为死去的小鸡流下了眼泪。事态已经发展成这样，我当然不敢坦白其实是我干的。我虽然和木园不太熟，可他的困境还是让我良心作痛。

没想到，当声讨达到最高潮时，木园竟挠着头说："你们都不愿意进鸡舍，怎么这种时候倒成了爱护动物的人了？"

接着，班上几个比较冷静的同学站了出来。因为证据不足，木园免于被公开处刑，不过，我们俩都被班主任叫到办公室问话了。

在去办公室的路上，木园若无其事地对我说："是耕平干的吧？"

"你、你说什么呢……"

"上回你不是把作业本借给我了吗？用来包小鸡的那张纸，上面的线条颜色什么的，和当时你借给我的很像。"

"那、那又怎么了！"

"你把本子拿出来，让我看看上面有没有撕过的痕迹。"

我放弃了挣扎，把一切和盘托出。之所以没哭出来，是因为木园就像在听电视节目解说一样，既不悲伤，也没有责备我，甚至有点儿百无聊赖。

我向木园发誓，我会向老师坦白所有罪行。反正这家伙肯定会到处宣扬，那我干脆主动自首，尽量减轻处罚。而且只要把一切都说出来，老师应该也能理解。我这样想，是因为在我这个小学生眼中，老师是成熟的大人。

"木园淳男，杀死小鸡的是你吧！你为什么要做这种事？"我们一走进办公室，班主任三田就严厉地说道。她是位女老师，很受学生欢迎。她也十分喜爱小动物。

三田老师是这样猜测的——昨天放学后，只有我和木园两人打扫鸡舍。我是个老实巴交、喜欢小动物的人，不可能杀死小鸡。所以，凶手肯定就是木园了。其实，这和同学们的推测是一样的。老师竟然和小学四年级学生说同样的话，对年少的我来说，这是意想不到的打击。

"耕平怎么可能杀死小鸡？淳男，你就老实交代吧！"

我怎么可能杀死小鸡——三田老师的话把正要自首的我逼到了绝路上。我一句话都说不出来，只能站在那里瑟瑟发抖。

"不是我干的。"木园斩钉截铁地否认了。我以为他这么说是因为我迟迟没有自首，没想到他继续说了下去。"但也不是耕平干的。"

"啊?!"我和三田老师都吃了一惊。

木园说，他走出校门时，看到有一个人走进了鸡舍。"那不是耕平。一定是那个小孩杀死了小鸡，然后塞进排水沟的。"

我很快便意识到，木园是为了包庇我而说了谎，这让我满怀感激。我活了整整十年，还从未遇到这么好的人呢！

"是这样吗？我不太相信……"

"我也看见了，一定是那个小孩……"

听到我肯定木园的话，三田老师似乎相信了。她问我们杀死小鸡的凶手有什么特征。我和木园根本没见过那个小孩，就随口说了几句。

那个人留着短发，身穿白色毛衣和短裤，和我们差不多高。

"你们认识那个孩子吗？知道是哪个班的人吗？"

"不认识，好像不是我们学校的学生。我经常在家附近见到她。"

"那个孩子叫什么？"

木园回答了这个问题。"……好像叫小初。对，小初。是个女孩。"

杀死小鸡的凶手竟然是个女孩！这一骇人听闻的真相马上传遍了整个学校。可那根本不是真相，是我和木园编造的谎言，没有人知道这件事。

不管真相到底是什么，这件事还是大大刺激了小学生的好奇心。你说什么？杀死小鸡的不是男生，竟然是女生？而且，那个小初还没被抓到！（那当然了。）事情变得越来越扑朔迷离，学校里流传着各种各样的说法，比如小初其实是吸血鬼，杀死小鸡是为了吸血。因为这个传闻，不知从什么时候起，小初有了一口尖利的牙齿。

一开始，作为小初的目击者，我和木园成了中心人物。不过，每次有同学或高年级学生来问小初的事情，我们都不得不更正说她并没有尖牙。小初只是个想象出来的女孩，有没有尖牙都无关紧要，但我们俩还是坚持认为长尖牙不太对劲。

"我也看到小初了！"有几个学生四处散播谣言。在他们的描述中，小初总是在干坏事。比如闯进别人家的院子把花盆打碎，比如在车上乱涂乱画，再比如到商店里偷东西。

在车上乱涂乱画啦，打碎花盆啦，当然都不是小初干的。一定是孩子们害怕挨骂，才把责任推给了小初，就像我一样。

这种事越来越多，小初的恶名也随之迅速传开了。不仅是校园里的孩子，就连小学学区里的大人都知道了小初的事。老师和家长到处寻找名叫小初的女孩，但都无功而返。

"要是真有一个叫小初的女孩可就糟了。"木园长叹一声。

不知从什么时候起，我和他成了好朋友。

这个名为小初的女孩出现了一个月后，学校总算恢复了平静。我和木园的目击者标签也渐渐淡去，我们又成了班级中不起眼的学生。

只是，关于小初的传闻从来没有断过，我经常能听到她又在哪儿干了什么坏事。可以说，对那些想把责任推给别人的孩子来说，小初这个喜欢恶作剧的女孩成了再合适不过的人选。

暑假一到，我就很快陷入了怠惰的状态，整天躺着看动画片，做塑胶模型，盯着怪兽玩偶。做这些事情时多半会被妈妈嫌弃，这时我就会骑着自行车到木园家去。

木园家又宽敞又漂亮，弥漫着香味。木园的妈妈也很漂亮，我妈妈完全比不上。木园的房间里有很多照片，他说全是他拍的。其中还有猫的照片，我非常羡慕。

我和木园都是独生子，不过他的生活比我优越多了，比如零花钱之类的。我什么都比不上他，觉得很不甘心，就拼命寻找能胜过他的地方。

"你没有宠物吗？"

"我以前养过猫，不过死了。"

那时我家有条狗。我感觉自己取得了胜利，尽管微不足道。

暑假的一个下午，我们把自行车停在河边，凝视着潺潺流水。

我居住在一个地方小镇，但面积还算大，也有些历史。这里经常下雨，河流很多，河岸都用水泥加固了。我听说在很久很久以前的江户时代，这里的河水常常泛滥成灾。

有人认为，小镇地下古老的水道就是为了防止河川泛滥才建成的，但始终没有定论。究竟是什么人、为了什么而修建的，全都无从知晓。还有人推测，随着镇子人口增加，为了处理污水，就建了水道。我记得在学习家乡历史时听到过这种说法。

不过，小学生根本不关心水道存在的理由。我们只知道一个恐怖的传闻——水道的确还残存于小镇的地下，有人曾偶然发现了入口，结果走进去就再也没能找到出来的路。那个入口肯定就在小镇的某个地方，但奇怪的是，从未听说有人找到了它。

然而，我们却做到了。

那天，我们望着河水，聊起了小初。

"小初对下水道特别熟，还知道入口在哪儿。她脑子里装着整个下水道的地图，就算摸黑也不会迷路。下水道就像小初的秘密基地一样。"

那时候，关于小初的大部分信息都是我设想的。我一开始这么做只是为了打发时间，但不知不觉间，我开始认真设计"小初"这个人物了。

"小初一定冬天也穿短裤。"

"不过她穿的是毛衣，衣服上起了很多毛球。她老用袖子擦鼻涕，所以袖子变得硬邦邦的。"

"她个性虽然有点儿乖僻，但这要怪小初的成长环境。她爸爸妈妈肯定让她受了不少苦。"

此外，我还想象小初在元旦出生，嘴里总是嚼着蓝莓味口香糖，和我们俩一样大。总之，设定越多，我脑中的小初就越立体、越丰满。

我又试着添加了这样的设定——小初喜欢打棒球，头上总是戴着棒球帽。这和我想象中的小初惊人地相配，再也无法从我脑中抹去了。

我正要告诉木园，却发现他已经不在身边了。于是我环顾四周，发现他顺着河边往下游走去。我叫他回来，他只回答了一句"等等"，并没有停下脚步。我很好奇，便跟了过去。原来，他在追赶一个顺流而下的纸箱。

纸箱漂了大约五十米，就卡在一座桥的桥墩上了。虽然被称作桥，但它一点儿都不大，只是非常宽。周围荒无人烟，长满了高高的杂草，风景很让人扫兴。

我们走到桥下。通向岸边的阶梯隐没在草丛中，好不容易才找到。我不知道木园为什么非要到桥下去，不过他从刚才起就一直很在意那个箱子。我很好奇，但是错过了询问的时机，所以直到升入高中才解开这个谜。

桥下有个水泥浇筑而成的平台，我们在上面查看了箱子里的东西。开箱时，木园的手不停地颤抖，我满心期待，觉得里面一定有非常可怕的东西。然而木园很快就松了口气，擦了擦一头的汗。原来里面什么都没有。

如果是小初，一定会大失所望地说："我还以为里面装着尸体呢！"

"我还以为里面装着尸体……"木园嘀咕道。

"我刚才还在想，小初肯定会这样说。"

我又仔细看了看四周。现在是白天，桥下却很暗，可能因为临近水面，虽然正值盛夏，这里也格外凉爽。

桥正下方的水泥墙上开着一个半圆形的大洞。我们走进去看了看，发现那个洞好像通向很远的地方，只是里面一片漆黑，什么都看不见。我们没走几步就折返了。

不久，我们就意识到，这就是下水道的入口啊。

就这样，我们没费什么力气就在桥下找到了下水道的入口。不过，我们没对任何人提起，而是把那里当成了我们的秘密基地。

从此以后，我每次从家里出来，都会去附近的小卖铺随便买点儿零食，然后自然而然地到桥下去。木园通常都会躺在那里，抬起一只手对我说："哟，你来啦。"我们就这样度过了整个暑假。

当然，我们也进入过下水道。由于里面伸手不见五指，我们还把手电筒带了进去。那个洞有一定宽度和高度，能容两三个大人在里面并排行走。下水道一直延伸到小镇中心，隧道始终是半圆形的。正如教家乡历史的老师所说，隧道墙壁由一块块石头堆砌而成。不过已经破得不成样子了，让人惊叹它竟然能保持到现在。

下水道里面很凉快，稍有声响就会回荡起嗡嗡的回声。地上铺着一层干燥的沙土，不时能看到几团垃圾。

木园说："河流水位一上升，入口就会灌进水来，把下水道淹没。垃圾肯定是那时候流进来的。"

这是个多雨的小镇，河流水位经常会上升。

沿着隧道走很长一段时间后，前方出现了向左右两边分岔的路口。我回头一看，入口已经成了一个小小的光点。

"过去的人竟然造了这么厉害的东西啊。"我感叹道。

木园马上卖弄起来："巴黎的下水道足有两千公里长呢，而且都是一百多年前建造的。跟那个相比，这种下水道真的只能叫蚁穴了。而且也没有排过污水的痕迹，说不定连'下水道'这个名称都不准确。"

我想，这个人怎么就不能单纯地感动一回呢？木园在学校成绩明明那么差，乱七八糟的知识倒是掌握了不少。

后来，我们决定返回入口。因为我们装备不足，没办法在下水道里四处走动，便做出了时机未到的判断。当时我们手上只有手电筒，前面又有岔路，一旦迷路可就危险了。我们俩都没有说出来，但同时得出了这个结论。要是小初在场，肯定会骂我们没骨气。不过，这也是没办法的事。

"没骨气！"我刚朝入口迈开步子，脑中就闪过了这个声音。正是我想象过无数次的小初的声音。这当然是幻听。一定是我感觉这种时候小初会这样嘲笑我们，而这种想法太强烈，让我好像真的听见了。可是，那家伙的声音在下水道墙壁上不断震荡，嗡嗡作响。我想，回声肯定也是幻听的一部分。

"吵死了！"我跟木园走着走着，同时大叫起来。看来，木园也听到了小初的声音。

"哈哈，你们其实在害怕吧？"幻听又用我想象的声音说起话来。

"四处乱走只会迷路，我们要先制定好作战计划，再来攻略下水道。"我边说边想，人到底有没有义务回答幻听呢？

"这一点你们可以放心，我对这里可熟悉了，闭着眼睛也不会迷路。"

下水道入口的光越变越大，我们很快走到了外面。桥下原本昏暗的光线现在却晃得我们眯起了眼睛。

我回头看向下水道深处，眼前突然闪过了我想象中的小初。她穿着破破烂烂的球鞋，膝盖上贴着创可贴，双手插在短裤里，咧着嘴对我们露出笑容。她还留着一头短发，戴着棒球帽。我跟木园一起在想象中描绘的女孩，就站在下水道里。那家伙朝我们挥挥手，消失在黑暗深处。

过了一会儿，我开始觉得，事实上刚才我并没有看见小初，只是我感觉自己看见了。我时时刻刻都在想象她的模样，所以才会产生看见她的错觉。也就是说，是幻觉。

不过，木园却说："刚才我好像看见小初了……她戴着棒球帽。"

其实，当时我还没把小初戴着棒球帽的设定告诉木园。

他还不知道这个细节，却看见了棒球帽，我感到有点儿不可思议。

我们只在那个瞬间看到了小初的模样，后来只是常常听见她的声音。那也是幻听，却一直跟着我和木园四处走动。

我和木园一起去小卖铺，小初也跟在旁边。

当然，她并不是真的站在旁边，而是存在于我们的脑海中。

我可以非常清晰地想象小初此时此刻会说什么，连细节都特别清晰，比如她的语气和语调。想着想着，我就感到小初真的在说话，很快就分不清这到底是我的想象，还是小初真的住在我的脑子里了。

与此同时，木园遇到了同样的情况。他跟我一样，能听见小初在脑子里说话，而且分不清那到底是不是想象。

除了我们俩，其他人都听不见小初的声音。而且，我和木园会同时听到内容相同的幻听。

只要聚精会神，我们还甚至能看到小初，她的身姿很真实，仿佛伸手就能碰到。她的手一定热得发烫，充满了能量。

"最近经常听说，有一个叫小初的孩子总是到店铺里偷东西啊。"小卖铺的老奶奶声音沙哑地嘟囔道。她很老了，脸上满是皱纹，让人分不清哪里是眼睛、哪里是嘴。她平时坐在店铺最里面。我还听说，她已经快瞎了。

"她怎么不老实付钱啊？"

木园刚说完，背后就传来小初的声音。其实她并不在我们身后，只是声音听起来像从那里传来的。

"烦死了，就是因为没钱才付不了钱啊。"

不应该说是"付不了钱"，而是"不打算付钱"吧。我心里想，但没有说出口。

小初尖锐地问道："耕平，你刚才想什么了？"

我们买了几样东西，向小卖铺的老奶奶付了钱。老奶奶看着店门口说："那边的小妹妹不买点儿东西吗？"

"哎？"门口传来小初惊奇的声音。我什么都没看见。

"咦？好奇怪啊，刚才好像还有个女孩，原来没有人吗？最近我眼神不好，上了年纪真是不方便。"

暑假快结束时，我们开始一点点绘制下水道的地图。我们已经把学校留的作业都做完了。

我们在背包里装了地图和指南针，还有作为应急食品的零食。其实地图和指南针都用不上，装在包里只是为了营造气氛。我还给自己买了新的手电筒。那是一支黑色圆筒形的手电筒，特别好看。

下水道内部虽然称不上迷宫，但有很多岔路，比较复杂。那天中途折返真是正确的选择。要是事先不做好准备，我们肯定很快就迷路了。

我们具体的策略如下：我随便选一条路走在前面，木园在后面跟着。我每次转弯后都会计算步数，然后向木园报告到下一个转弯处的步数，木园则在坐标图上画出与步数相应的线。也就是说，那条线就是我走过的路。要是我走之字形路线，那条线就会变成之字形。我没有选择的岔路，就在坐标图上做上记号，改日再走。

此外，在岔路转弯时，我还会用马克笔在下水道墙上做个记号——一个显示了我从哪个方向来、走向了哪个方向的箭头。为了做记号，我口袋里时刻装着马克笔。

最后，我们会根据我的步幅计算整条下水道的长度，完成地图绘制。想出这个主意的是木园，而经常捣乱的则是小初。

有时我正在认真地数步数，那家伙却在旁边说着毫无关系的数字（旁边传来兴奋的声音），使我大脑一片混乱。因为她，我好几次都忘了自己走到第几步，只能随便向木园报个数蒙混过去。当然，木园也能听见小初的声音，只是他肯定没想到我真的受到了影响。木园总是头上戴着小型探照灯，全神贯注地盯着坐标图。

下水道在我的手电筒发出的光中延伸，好像没有尽头一样。

"地图就交给我吧，这里就像我家后院一样。"

"我才不相信你。"说完这句话，我感到小初生气了。不，这种感觉是我大脑制造的幻觉。我更在意的是回荡在下水道里的脚步声。不知为什么，我总能听见三个人的脚步声。当然，实际上只有两个人，只是我无论怎么听都觉得是三个人发出的声音。

走了一段时间，前方突然出现了光亮。一道光束笔直地从天花板上打了下来。之前走过的下水道一直很黑，所以我特别兴奋，准备告诉盯着坐标图的木园。

"前面有光！"开口的人是小初。木园听到她的话，猛地抬起了头。这个动作证明不仅是我，木园也同时听见了小初的声音。然而我顾不上这些，只是很不甘心自己的台词被抢了。

光束来自天花板上一个方形的洞。我抬头细看，洞口盖着铁栅栏，能看到天空。洞外隐约传来汽车行驶的声音。我马上意识到这应该是马路边上的铁栅栏。我低头查看地面，发现了雨水流过的痕迹。

"小初，这是镇子的什么地方？"木园在坐标图上做了个记号，问道。

"不知道，我从没有从这里往外看过。不过这样的地方只有一个。"

我不知道幻听的可信度有多高，但不管怎样，我们决定叠个人梯看看外面。我在下面，木园在上面。

"不行，我不知道这是什么地方，也碰不到天花板。"

木园放弃了，用鞋尖在地上写下了歪歪扭扭的"淳男"二字。

暑假结束，新学期开始了。

校长在晨会上提到了小初。原来，暑假期间，小初的恶名已经传到了附近的学区。这次我真的吃了一惊，觉得事情闹大了。对当时的我来说，其他小学就像外国一样遥远而陌生。

不过，学生们都不喜欢校长。他一天到晚只会谈论他喜欢的钓鱼，而且脾气暴躁。有个班只是因为放学时没关荧光灯，就被他罚正坐一整天。那个班的班主任不敢违抗校长，只能战战兢兢地待在旁边。所有人都很害怕校长。

九月第一周的周六，放学后，我和木园又去照顾小鸡。[①]那天只需要给鸡喂食，所以工作很快就结束了。

　　我们锁上鸡舍的门正要回去时，发现校长蹲在他的车旁边。因为不想和他扯上关系，我们两人远远地看着他。校长满脸通红，骂了一声"混蛋"，还踹了一脚花坛。可能是车爆胎了。我正想着，却发现校长不知去哪儿了。

　　我们马上走向那辆车。校长因为爆胎而生气，真是太有意思了。不过，我发现事情并非如此。

　　"怎么会这样！耕平，你快看！"

　　木园跟校长一样蹲在地上，手指着沥青地面上的铁栅栏。因为是白天，太阳差不多在我们正上方，所以铁栅栏底下的情形也能看得一清二楚。原来，校长的钱包掉下去了。他从口袋里掏车钥匙时把钱包也带了出来，不走运的是，钱包正好穿过铁栅栏的空隙，落到了下面。

　　"那里面有多少钱啊？"

　　"笨蛋，我不是说钱包。往右边看！"

　　听了木园的话，我总算明白过来。我们的下面写着"淳男"，是木园的名字。

　　不一会儿，校长拿着一把长长的扫帚回来了。他想用

---

① 日本自 2002 年才统一实施学校周六、周日双休的制度。

扫帚把钱包钩上来，可是怎么都没能成功，也没法把铁栅栏拆下来。

最后校长可能放弃了，不再理会钱包，不知去了哪里。

我们对视一眼，想到同一件事。

我们向三田老师报告已经喂好小鸡的事，一路飞奔回家。我把马克笔揣进口袋里，一把抓起手电筒，骑着自行车飞速来到那座桥下。不久前，我们还会带上装了各种东西的背包，不过现在我已经对进下水道这件事习以为常了，感觉没必要，就没带包。

木园已经在下水道入口等着了，手里还拿着制作到一半的地图。

"我们能走到钱包所在的位置吧？"

"那当然。我们走吧……咦，灯不亮。"木园晃了晃探照灯，又敲了几下。探照灯还是没反应，可能是没电了。

"别管了，我有手电筒，赶紧进去吧。"

我们拿着一支手电筒走进下水道，寻觅校长的钱包。我们好像已经把钱包弄到了手一样，边走边盘算要怎么花那笔钱。钱包里面肯定有好几张万元大钞。我们当然不打算交出去。

地图已经很大了。刚开始我们以为一张纸就够用，结果现在十多张纸拼接在了一起，地图还远远没有完成的迹象。这证明下水道的规模的确很大。而且，里面的构造立体而错综复杂，木园绘制地图时经常感到困扰。

由于时常进出下水道，我们都习惯了在里面行走。毕竟只要有地图就能找到出口，我们自信满满地认为自己不会迷路，渐渐没有像刚开始时那样处处留心，危机意识也变淡了。

"好，钱包就在下一个转角！"木园喘着粗气说。

我拿着手电筒的手也几乎忍不住颤抖起来。对那时的我们来说，一千日元已经是巨款，什么都能买到。那可是校长的钱包，我们自然兴奋不已，加快步伐拐过转角。

眼前本应有一道从天花板照下来的阳光，可是，什么都没有。跟刚才一样，前面只有不知通向哪里的漆黑隧道。

"哎？是下一个转角吗？"

没有，下一个转角、再下一个转角也没有。我们也没看到我用马克笔留下的记号。我们终于明白为什么找不到目的地了，一定是地图错了。之前我们每次在下水道探险时都是单纯地原路返回，所以一直没发现地图有错。

木园突然把地图摔到我身上。"耕平，是不是你把步数弄错了？笨蛋！这么简单的事你都做不好！"他涨红了脸，揪住我的衣服使劲摇晃。

事发突然，我也慌了手脚。"是、是你把地图画错了吧？现在怎么办，找不到钱包的位置了！"

我们打了起来，打着打着，亮着的手电筒掉在了地上，于是我们暂时停战。这么黑的地方连打架都不方便，我们想找个亮点儿的地方。其实我只是怕黑，不过当着木园的面，我还是强装镇定。

"我不是为了钱包生气，只是不甘心制作到一半的地图竟然错了……唉。"木园说完，捡起了掉在地上的地图。

我也弯腰去捡扭打时掉落的手电筒，可是因为手指受了伤，一下没抓住，圆筒形的手电筒在地上滚动起来。

"……这里是条斜坡啊。"木园说道。

我慌忙捡起滚动的手电筒，毕竟这是唯一的照明用具，要是弄丢，我们可就什么都看不见了。

我们朝手电筒滚动的方向走去。虽然和我们来的方向相反，但木园一直气哼哼地往前走，我只好跟上去。我有些担心，问他："这个方向对吗？"他回答："反正已经不知道是地图的哪个位置了。"原来，我们已经在这个不知延伸到何处的下水道中迷路了。

每次遇到岔路，我们都会滚动手电筒，选下坡路走。

坡度很缓，身体几乎感觉不出来。走了很长时间后，我感觉我们已经到了很深的地方。

很快，我们便来到下水道的最底层。不，最底层这个说法不准确。下水道还在向下延伸，只是前面灌满了水，我们过不去了。之前我们遇到过好几条因塌方被堵住的路，但还是第一次看到水。

这里的隧道比之前走过的更宽阔，而且坡度也突然变大了。

我推测，上层的下水道可能全都通向这里，就像海纳百川一样，所有隧道都在这里汇集。

大隧道从中段就开始积水，由于路是倾斜的，越往前走水就越深，最后整条隧道都没入了水中。

我用手电筒照了照周围，这里就像地下湖，一点儿声音都没有。没有风，水面没有一丝波纹，就像死去了一样。在手电筒光束的照射下，那片水就像黢黑的昆虫背部一样反着光。我感到毛骨悚然，非常害怕，甚至想所谓世界尽头就是这样的地方吧。

不远处落着一个空罐头。我感到很奇怪，这种地方怎么会有空罐头呢？

"这应该是河水冲过来的吧。下大雨的时候水位上升，下水道入口没入水中，河水就涌了进去。涌进去的水一直向下流，最后就汇集到这个地方来了，人们扔到河里的垃圾也一起被冲到了这个地方。下水道有可能真的是为了防止河水泛滥而建造的，专门用来容纳从河里溢出来的水。"

我们用马克笔在墙上写下了自己的名字，"管耕平"和"木园淳男"。因为我们还在闹别扭，两个名字隔得很远。

至于该怎么走出下水道，木园提议道："我们一直走下坡路，就来到了最底层，那现在一直走上坡路，不就能走到入口了吗？"

可是，这个想法在第一个岔路口就落空了。情况与我们想的完全不同。就像一根树干会长出很多树枝一样，上面的路很多，而且全都源自最底层的大隧道。下水道有些地方因为塌方无法通行，想必过去曾经有其他出入口。因此，从最底层往上走时，可以选择的路就变得非常多，而且每一条都是上坡路。并且，那些路也不一定通向桥下的入口。

尽管如此，我们还是继续向前走。我们只想走下去，尽快离开下水道。我想，只要走下去，一定能找到用马克笔做了记号的地方。那些记号记录了我们从哪个岔路口过来，又走向了哪个岔路口。也就是说，只要逆着记号的方向走，我们就能回到入口。只要一个就好，只要找到一个做了记号的转角就好了。然而，希望不久后就破灭了。

手电筒的光逐渐变暗，最后消失了。手电筒没电了。我难以置信，又摆弄了好几下开关，还是行不通。周围一片黑暗，什么都看不见了。

我离开家时认为没必要带背包，而备用电池就装在背包里。我根本没想到竟然会迷路。而且，木园头上的探照灯也没电了。我们手上没有能用的电池了。

尽管如此，我们还是在黑暗中继续向前走。虽然处在打架打到一半的尴尬状态中，我们还是牵着手以免走散。这里没有光，伸手不见五指，我们只好随便选一个方向前进。

走了好长时间，体力的极限到了，我们只好就地坐下来。黑暗中，只能听见我们的呼吸声。

此时，我有生以来第一次真切地感到死亡临近。

我的想法太天真了。下水道大得超乎想象，在黑暗中随便走就能回到入口这件事根本不可能。据我所知，只有一个人脑子里装着下水道的地图，在黑暗中也不会迷路。不过，就算那家伙在这里，也一定不管用。那家伙只有声音，只靠声音，肯定无法把两个筋疲力尽的人带到外面去。

想到可能会因为疲劳而死在这里，我们垂头丧气。

我累得好长时间都一动不动，快要睡着了。周围一片漆黑，温度又正适合睡觉，我的意识渐渐模糊。

这时，一个人握住了我的右手，用力把我拉了起来。我被拽着向前走，迷迷糊糊地认为一定是木园恢复了体力，正领着我到外面去。

"耕平，是你吗？"

我听到木园的声音。

"是耕平你在拉我的手吗？"

"不是。难道不是淳男你在拉着我的手走吗？"

我瞬间睡意全无。如果拉着我的手的人不是木园，那么黑暗中的人究竟是谁？

一阵窃笑声传来，我脑中闪过一个不太现实的想法。

走了一会儿，我就看见了外面的光，还隐约听到电车通过的声音。原来我们已经离入口不远了。

"你们两个在那儿干什么呢？"

外面的空气格外清新。天已经黑了，不过我还是看见了站在我面前的小初。她看起来一副得意扬扬的样子。

是她拉着我和木园，把我们领出了下水道。

"这件事归根结底都是因为你妨碍我数数啊。"

"没错，都怪小初。小初才是最坏的。"

"那当然啦。"她抱着胳膊说。

我看了一眼右手。因为刚才还被小初用力握着，手心有点儿发黄。

几天后，我们听说校长用鱼钩和钓线把钱包钩出来了。钱包本该被我们捡到的，真是太可惜了。

那时我常常暗中思索，小初到底是什么。小初是我们想象出来的人物，显然并不存在。然而我们能看见她，能听见她的声音，还能摸到她。

一定要说的话，小初是幻觉，而且是我和木园都能看见的、与众不同的幻觉。

曾经还发生过这样的事。

我们跟小初成为好朋友之后的某天放学后，我和木园并肩走出校门。因为大家都要回家，周围有很多学生。就在这时，我们身后传来非常有活力的声音。

"喂！耕平！淳男！"这个声音特别大，恨不得把飞过的小鸟震下来。我和木园吓了一跳，回头一看，发现小初在后面挥手。

不过，只有我们两人听见了小初的喊声。其他人都毫无反应，仿佛什么都没发生一样继续走着。事实上，我们身边确实什么事都没发生，证据就是停在电线上的麻雀也没听见，丝毫没有受到惊吓。

也就是说，全世界只有我和木园能看见小初、听见小初的声音。不过，她毕竟是我们的幻觉，这也是理所当然的。

冬天，小卖铺的老奶奶去世了，我们决定去店里偷东西。当然，这是小初提出的计划。

"我听说小卖铺不做了，真的，是我奶奶告诉我的。既然不做了，把店里剩下的零食偷走也没关系啦。"

小初家住在邻近的小镇，不过一到周末，她就会一个人跑到奶奶家来。因为她和奶奶最亲，周末在奶奶家住。她奶奶家就在我家附近，我们三个总是周末凑在一起玩。

这些都是木园好几个月前想出的设定。不过，我们并不知道小初奶奶家在哪里。因为只设定了在我家附近，并没有设定具体地点，所以我们都很好奇小初在晚饭时间跟我们道别后究竟会回到哪里。

总而言之，我们被小初说服，决定去洗劫小卖铺。

当天晚上，我们就执行了小初的计划。我深夜悄悄溜出家门，在离小卖铺有一段距离的地方等着他们。那是一个寒风刺骨的冬夜。

我最先到达集合地点，第二个到的人是小初。那家伙悄悄从后面靠过来，把冰冷的手塞进了我的领子里。我忍不住大叫一声，对她发了通脾气。她哈着白气，笑着说："抱歉抱歉。"

她穿着起满了球的毛衣，在严冬还穿着短裤，耳朵和鼻子冻得发红。

我和小初挤在一起取暖，一直等到木园来。那天晚上，那家伙也嚼着蓝莓味口香糖，气息中透着甜甜的味道。当然，气味也是我的幻觉。

小初按在我脖子上的手确实很凉。不过，这也是我的幻觉。那家伙吐的白气是幻觉，被路灯映在地面上的影子也是幻觉。这些其实都不存在，我身边没有人。不过，我的感官全票通过，承认了小初的存在。眼睛、耳朵、鼻子全都一起出错，认为既然看到了小初这个幻觉，小初就真实存在。我跟她挤在一起，真的感到不那么冷了。她的身体暖洋洋的，不过这应该也是幻觉。

木园加入后，我们三人就偷偷摸摸地走向了小卖铺。小卖铺的老奶奶平时一个人住，她的儿子和儿媳住在附近。因此，那天晚上没有人阻止我们走进空无一人的小卖铺。

最后，我和木园都抓了一大把零食和玩具。

然而，小初只是站在旁边看着。准确地说，她是在望风。我和木园满载而归，小初却依旧两手空空。

我们没有问小初为什么空手而归，因为答案很明显。那家伙只是我们的幻觉，就算是十日元的零食，再怎么轻，她也无法挪动。也就是说，小初对除我们两人以外的一切都无能为力。这件事理所当然，也很重要。幻觉只有在被我们感知到的时候，才成为幻觉。正因为我们能看到，能听到，小初才能存在，现实中的物理法则对她毫不适用。

那天我的手被小初握得发黄，一定也是我的身体产生了错觉。我在电视上看过，有人把没点燃的烟头摁到另一个人手上，结果那个人真的被烫伤了。我记得那是一个关于催眠术的节目，烫伤的人因为受到了催眠术的暗示，深信烟头是点燃的，所以被烫伤了。我的情况和那个节目里说的一样，是肉体在精神的暗示下运作。人这种生物，真的很容易受到暗示。

那天晚上小初没有提起这件事。不过她当时可能已经意识到，她只是幻觉，和我们不一样。

我们把从小卖铺拿的东西藏在了下水道入口附近。那个地方已经成为我们三人的秘密基地。

小卖铺发生的事很快就传开了，大人们都在猜测是不是小初干的好事。他们都觉得小初有可能做这种事，因为她是坏孩子的代名词。

小镇的人都深信小初这个女孩真的存在。不仅如此，平时越讨厌小初的人，就越容易说出"我好像看到了小初"这样的话。

我妈妈就这样说过。但当我问她什么时候、在哪儿看见时，她就歪着脑袋，想不起来了。

"是在哪里来着？不过我真的看见了，她穿的衣服跟传闻里一模一样，不会有错。隔壁的石桥太太也说见过那孩子。对了，耕平，你和小初该不是好朋友吧？不能和那种坏孩子交朋友，也不能和她说话，听到没有？要是看到她，必须马上告诉妈妈。"

我怀着复杂的心情点了点头。

我们三人一起升入了初中。我跟木园在同一所学校，小初则在邻镇上初中。不过，小初实际上应该没有那么做，因为我从未听过幻觉还可以去上学。尽管如此，她拿给我们看的学生证却像真的一样，校徽也和邻镇那所初中的一样。但我觉得这一切都不是真的，校徽和学生证也全都是我的幻觉。

比起这些，那时更让我不甘心的是小初比我长得高。我们三人已经在一起玩了将近三年，之前我一直是个子最高的。小初嚷嚷着"太好了"，还故意在我面前挺直身子嘲笑我。

事情就发生在那段日子。平时，我们三人总会在桥下的下水道入口附近打发时间。可不知道为什么，那天竟约好了到我家去玩。我已经忘了事情为什么会发展到这一步，总之就是变成这样了。

我们觉得下水道让人特别舒心，几乎从不到谁家里去玩，因为下水道冬暖夏凉，也没有父母在旁边唠叨。所以，那天是小初第一次到我家去。

他们在院子里逗了一会儿狗，就脱掉鞋随手一扔，走进我家。他们两人都不像我这么懂规矩。小初脱下的鞋子当然也是幻觉，虽然我和木园都能看到，也能摸到。那双鞋跟真的鞋相比没什么区别，不过在别人眼中，只是空气罢了。

他们一进屋就把我的房间查看了一遍，还嘲笑了摆在架子上的怪兽塑胶玩具。其实我本来还有很多那种小玩具，不过放在下水道里，不知什么时候丢了。正如木园所说，一下大雨，水就灌进了下水道，于是我的怪兽玩具几乎全都被冲到了下水道深处。不过那些玩具一点儿都不流行，我不怎么在意。

过了一会儿，妈妈打开了房门。当然，妈妈看不见屋里的小初。

"哎，是淳男啊，难得到我们家来。耕平，你过来一下。"

妈妈招招手，把我叫到门前说话。由于只隔着一扇门，房间里那两个人（其实只有一个人）应该也能听见我们的对话。

"耕平，你刚才跟淳男说起了小初对不对？难道你们认识小初？"

我一下感到事情不妙。我知道，母亲平时听到的都是不好的传闻，认为小初是个坏孩子。不过，我也不能回答说我不认识小初，因为小初就在我身后的房间里听着我们的对话呢。

要是换成我站在小初的立场上，听见她对妈妈说"耕平才不是我朋友"，我肯定会感到被朋友背叛，很伤心吧。所以我对妈妈说："嗯，我们是朋友。"

"朋友?!你这孩子说什么呢，那可是小初啊！我说了多少次，不准和她说话！"

"……可她没有那么坏啊。"

我话音刚落，妈妈就提高了嗓门，告诉我小初干了多少坏事，让大人多为难，还命令我不准跟小初说话。

我很少反抗妈妈，每次她一生气，我就害怕得马上投降了。不过只有那天，我赌上了自尊，决心一定不能认输。

我反倒为小初感到心痛，因为她就在房间里被迫听着我和妈妈的对话。

好不容易把妈妈打发走，我小心翼翼地回到屋里，心想小初一定生气了。然而小初还是跟平常一样，只说了一句："你们聊了好久啊。"

木园动动嘴唇，无声地对我说："笨蛋。"

他们回去时，类似的事又发生了。

木园进来时随手扔在地上的鞋子，现在已经被摆得整整齐齐，应该是妈妈帮他摆的。可是，小初的鞋却被无视了，依旧散乱地放在地上。

妈妈肯定看不见小初的鞋，我也明白问题其实不在于看不看得见。尽管如此，我还是莫名觉得小初有点儿可怜。这一定是因为她做出了一副"我一点儿都不在意"的表情。

她不可能不在意。因为从那以后，只要有人提起到我家来玩，她就会以有事为借口回避，同时突然与我们生分了。我想，她心里肯定很在意吧。

那天小初离开我家前，我对她道了歉。

"嗯，我一点儿都不在意，而且还要谢谢你。"不知为什么，小初反而向我道谢。奇怪的是，她还有点儿害羞。

小初并没有周围那些大人想象中那么坏。她是个心思细腻的人，对一点儿区别对待都十分敏感。我和木园创造了小初，所以十分明白这一点。然而，小初能和我们做这么久朋友的确让人惊讶，因为幻觉往往很快就会消失，在某个瞬间突然不见，然后一切都结束了。我感慨，小初真的和我们做了很久的朋友。

自从那次迷路之后，我们再也没去过下水道深处。想一个人待着时，我经常会走进下水道，但只会停留在能够很快返回的地方。

我和木园都觉得，既然我们已经到过下水道尽头那个积水的地方，就没有必要再去了。更何况，作为证据，我们还在这个小镇的秘密文化财产上留下了名字。

每次想起那个地方，我都会特别不安。那条一直延伸到黑暗水底的隧道还屡次出现在我的梦里。

木园也说他再也不想去那儿了。"里面一定有很多鬼魂。你想想啊，大雨导致河水上涨，水不就灌进下水道了吗？这样一来，肯定也有很多鱼被吸进去。雨停后，灌进下水道的水就退了，可被吸进去的鱼却再也出不来了，都会死在那儿。我再也不想到那个地方去了。"

我回忆起下水道最底层那寂静的水面，它就像一面镜子，没有一丝波纹。它那么黑，让人感觉的确有鬼魂在其中游荡。

一天，我家的狗死了。刚开始我并不觉得很悲伤，因为我疼爱那条狗已经是很久很久以前的事了。过了一整天，我才有点儿想哭。

"说起来，那条狗最近一直被拴着，好久没有出去散步了。那家伙总是一副目中无人的神情啊。"

在模糊的思绪中，我想起了许多已经淡忘的往事。

它还是条小狗时，我瞒着父母把它带回了我的房间，当时它特别兴奋地不停转圈。啊，我跟你的关系是什么时候变得这么冷淡的呢？

滴答——随着水珠滴落的声音，我脑中浮现出一个情景：我家的狗脑袋上戴着探照灯，朝着下水道最底层进发。是的，那片水的对岸就是另一个世界啊。

我怀着这个古怪的想法走进下水道，偷偷哭了起来。

倒霉的是，我的样子竟被小初看见了。这是我这辈子最丢人的回忆。都已经是初中生了，还被女孩看见偷偷流眼泪，真没出息。

"我才不会因为狗死了就哭呢。"

小初这么一说，我生气了，于是我忍不住说："因为你本来就只是幻觉而已。"

"……是啊是啊，你说得没错。就当我没看见你吧。"

过了一会儿，我平静下来，心想我怎么能说这么过分的话。可是小初看起来已经忘了这件事，所以我也没有立刻向她道歉。

我跟木园在初中不同班，我又交了新的朋友，不过木园和小初才是我真正交心的人。我的新朋友也都知道小初，原来有关她的传闻竟一直传到了他们住的地方。我感到不可思议，小初怎么会变得这么出名呢？难道是因为最开始的"杀小鸡的女生"那件事太让人震惊了？

我一言不发地听朋友谈论小初。

"我上的那所小学也有小初的传闻，而且，我哥哥朋友的老师还说自己看见过小初。"

"还有人见过已经上了初中的小初呢。她好像跟我们同岁，肯定已经长成了浑身肌肉的大块头女人。"

我很吃惊。"大、大块头？"

"她读小学时就把附近的初中生揍得住院了呀。"

"不对啦，笨蛋，是把不喜欢的老师的鼻子咬下来了一块!"

原本在旁边听的女生加入了谈话。"我见到的小初很瘦，中等个子，长得很漂亮。"

"你见过?"

"上次我出去买东西，看见了很像小初的短发女孩。我觉得那一定就是小初。"

大家异口同声地发出惊叹声。

"罐装咖啡知道小初的事情吗?"朋友问我。

"罐装咖啡"是他们给我起的昵称，是根据我的名字"管耕平"改成的。①

"我不太清楚小初的事情啊。"

对了，木园淳男在他班上被叫作"矶野鲣"。②

一个冬日，小初待在下水道里，看起来闷闷不乐。

我们每年冬天都会搬一个火炉到挨着下水道入口的地

---

① 在日语中，罐装咖啡与管耕平发音相近，分别为"かんコーヒー"（KANKOUHII）和"かんこうへい"（KANKOUHEI）。
② 矶野鲣是日本漫画《海螺小姐》里的人物。在日语中，矶野鲣与木园淳男发音相近，分别为"いそのかつお"（ISONOKATSUO）和"きぞのあつお"（KIZONOATSUO）。

方。因为风吹不进来，只要有个炉子就很暖和了。

我来到下水道，发现木园和小初一言不发地坐在炉子旁。

"小初的奶奶死了。"木园对我说。

小初的眼睛又红又肿。"好丢脸啊，耕平的狗死了的时候，我明明说自己不会哭的。对了，耕平当时好像生气了吧？真是对不起。"

她把手放在炉子上方取暖，继续说下去。我不禁想，幻觉也会感到冷吗？

"不过当时耕平的话也真过分！'你本来就只是幻觉而已。'你是不是这么说的？唉，其实我可伤心了。"

"对不起……"

"反正我只是映在你们视网膜上的幻象，是你们的白日梦。其实我并不存在。不过，我奶奶真的存在，虽然你们没见过她。她有一座房子，我经常在她家过夜。一进门，就会发现她已经做好了饭菜。尽管我不喜欢，她也总是摆出泡菜来。奶奶家里有我专用的棉被，还有我的房间。我带了好多换洗的衣服过去。我不喜欢别人随便碰我房间里的东西，所以有时候会对来打扫的奶奶发脾气。每次她都会露出落寞的表情。这些全都在我的记忆里，可我其实只是你们的幻觉，这真是太不可思议了。"

那是小初第一次谈论自己是幻觉的事。说这些话时，她看起来有点儿不安。她没有戴棒球帽，也没有穿沾着鼻涕的毛衣，看上去就是个随处可见、穿着极为寻常的女孩。她情绪低落，完全不像过去那样活泼。

　　从那天起，小初跟我们道别后都会乘公交车回邻镇的父母家。她奶奶生前一个人住在独栋房子里，那座房子不久后就要被她的父母卖掉了。

　　我和木园去公交车站送过小初几次。三人在车站等一会儿，公交车就会开过来。车门打开，小初迈着轻快的步子走进去。我跟木园在下面看着，司机把视线转向我们，仿佛在问："你们上不上车？"原来他停车是因为看见我和木园了，他并没有发现小初已经走了上去。小初每次都坐在最后一排，在车发动后隔着窗户朝我们挥手，像个小孩一样。

　　我家隔壁住着一家姓石桥的人。石桥家有个四五岁的小男孩，名叫伸广，我平时叫他小伸。

　　我上初三的时候，和小伸关系好了起来。要为升学备考了，我却越来越讨厌学习，成绩一下就下滑了很多。木园向来对学习没什么兴趣，所以成绩一直都不太好，可是他一旦认真起来，成绩就飞速上升。木园也是在那个时候迷上了摄影。每次我一脸困惑地向小初请教功课时，他总会拿着相机边拍边说"真没出息，真没出息"。

让人意外的是，我们三人中间学习最好的竟是小初。我跟木园不会做的题，小初都能轻松地做出来。看着幻觉做这种事，我感到很奇妙。

那时我常在桥下请小初辅导功课，累得精疲力竭。有一天，我去了百货商场里的玩具店。我从小就喜欢逛玩具店，只要一走进去，平时压在心头的压力和疲惫都好像会慢慢消散。我就是在那里偶然遇到了小伸。当时小伸正全神贯注地看着店里播放的电视游戏画面。我正好有那个游戏，就在幼儿园小孩面前炫耀了一把，借机缓解学习压力。小伸一脸艳羡地看着我，我感到十分受用。

在此之前，我跟小伸没有什么来往，不过从那天开始，小伸就会跑到我家来玩。当然，他是为了打游戏。

木园和小初为这件事笑话了我一顿。他们觉得初三学生和幼儿园小孩一起打游戏的情景实在太滑稽了。我并不觉得好笑，只是感到很为难。小伸把零食撒得到处都是，还流鼻涕，甚至拧掉了我房间里的塑胶玩具的脑袋。尽管如此，我却不能赶走他，只好眼看着自己的房间渐渐变成他的儿童房。

一天，小伸发现了下水道的入口。当时我和木园正在桥下的水泥平台上打扑克，没想到小伸竟突然出现了。我仔细一问，原来他是尾随我过来的。小伸看看我，又看看木园，咧嘴笑了。

当时小初也在，而且就站在突然出现的小伸旁边。她见小伸毫无反应，有点儿伤心地垂下了眼皮。她发现我在看她，耸了耸肩，露出了无奈的微笑。

我向小伸反复强调必须对下水道的事保密，但还是不放心。木园也说小伸说不定会告诉其他人。不过几天过去了，我还是没听到有谁提起有关下水道的传闻，看来小伸确实保守了秘密。不过，他也开始经常跑到桥下来了。

后来，我和木园又上了同一所高中。进入高中后，已经几乎没有人听过关于小初的传闻了。偶尔碰到以前的朋友，我主动提起小初，他们也只会感慨道："以前确实有过这么一个人啊。"

只有小初上了另一所高中（好像是这样）。有一次，我偶然在路上看到了身着制服的小初。那家伙穿着褐色西装外套，举止拘谨。我朝她挥挥手，她立刻高兴起来，像猫一样朝我跑来。

"我正在找打工的地方。"小初对我说。我心想，幻觉应该很难找到打工的地方吧。没想到几天后，她就说她找到了。

"车站前不是有间书店吗？我在那里做收银员。"她报上了书店的名字和地点，我确实有点儿印象。我记得那间书店的名字和装潢，地址也不是虚构的。可每次要去那间书店，我都会走错路，从来没有走到过。

"你说小初穿着什么样的制服？"

我告诉木园书店的事，他却对制服产生了兴趣。我们根本不知道小初上了哪所高中，每次问她她都会糊弄过去。

我凭记忆向木园描述了小初的制服，木园好像有些吃惊。据他说，那是一所学生水平非常高的学校的制服。我听到学校的名字也很吃惊，因为那所高中比我们学校高出好几个等级。

一天，小伸在下水道入口撒了泡尿，从那以后，小初就开始恶狠狠地叫他"臭小鬼"。尽管我们都是高中生了，再也不会产生跑进下水道探险的念头，但我们还是把那儿当成我们的家。

小伸一开始会莫名其妙地看着我和小初交谈。在他眼里，我好像在和空气说话。

所以，木园把小初的事告诉他了。"你可能看不见，不过这里有个非常可怕的大姐姐哟。"

小伸毕竟还是个孩子，马上就相信了他的话。小伸对小初说的第一句话是"大笨蛋"，紧接着还唱了起来："小初是个大笨——蛋"。

小初立刻握起拳头敲了小伸一下，但她是幻觉，小伸根本看不见她。她是不存在的，所以小伸不疼，感到疼的反倒是打人的她。幻觉再逼真，也不可能对现实中的物质造成影响。但小初用拳头敲小伸，就像我们用拳头砸墙一样。

"小初现在气得像鬼婆婆一样，你最好别惹她。"

听了我的话，小伸更加高兴地继续招惹小初。于是小初便用拳头打我，我能看见小初，感到很痛。

又过了几个月，冬天到了。那年冬天非常冷。

"什么啊，臭小鬼今天也不来吗？"小初冻得瑟瑟发抖，还不忘问上一句。我记得当时正值年末最忙碌的时期。

小伸已经有两个多星期没来了。以前他经常跑到桥下来，但现在连我家也已经很久没去了。"是不是感冒了，在家养病啊？"我应道。

"算了，这样挺清静的。"小初说。

那天晚上，我得知了小伸不再来的原因。

当时我们家附近每晚都有飙车族经过。说是附近，其实我们家并没有挨着公路，而是隔了一段距离。不过，那些机动车的声音还是会吵醒熟睡的小伸。每次飙车族经过，已经睡着的小伸都会哭闹，渐渐因为睡眠不足而变得有点儿神经质了。

"小伸都被吵得睡眠不足了，耕平还能睡着吗？"

"这家伙感觉很迟钝。"

小初和木园说完，又单独讨论了一会儿。

他们两人结束讨论后，木园拿起一个蓝色塑料桶递给我，叫我深夜到某个地方去泼水。我不知道为什么要这么做，但这好像是小初的主意。

小初指定的地点是郊外某个急转弯的地方，那里有一条平缓的坡道。我按照吩咐，深夜在那里泼了一地的水。

第二天，我听说那些飙车族出事故了。他们好像是在冰面上滑倒了，几乎所有成员都被送到了医院。不过幸运的是，他们只是骨折或磕伤了而已，并没有性命之忧。

"谁叫他们看到减速的牌子还不减速。"木园说。

不久后，有传闻说，是有人故意泼水让飙车族翻车的。

"一定是小初干的，那孩子真有胆量。"几天后，大人们私下里议论纷纷。

3

我们在桥下度过了高一的元旦。虽然元旦是小初的生日，但我们一次都没庆祝过。因为就算准备蛋糕，身为幻觉的小初也吃不到，甚至无法吹灭蜡烛。于是，我们没做什么特别的事，每次都是三人一起打扑克。

扑克是小初带来的，所以也属于不存在的幻觉。不过我和木园都能看见，也能拿在手上。

其他人要是看到我们打扑克，肯定会很惊讶，因为我们时而瞪着空气，时而突然发出惨叫。

但是，今年小初没什么精神，好像工作太久、累坏了一样。

"她家里现在情况不好，听说她妈妈住院了。"木园偷偷告诉我这件事。

看来小初经常背着我向木园倾诉，这让我不禁感到自己是个靠不住的男人，也有些落寞。

"所以她多打了好几份工。"

我和木园以前想出了"小初因为爸爸妈妈受了不少苦"

的设定。现在我十分后悔，当初怎么不经思考就说出这样的话呢？于是，我又试着做出了"小初其实是大富翁的女儿"这样的设定，然而小初的情况并没有改善。

"其实我很清楚自己是幻觉。"

一天，小初这样说道。

"比如说，我无法触碰你们那个世界的东西，无法移动物体。我摸过小伸的脸蛋，硬得像石膏一样。你们觉得这样算碰到吗？我就像你们做的一个梦，要是能在物理层面干涉他人，问题就大了。真是太不可思议了。我在学校时，可以很正常地和别人说话，在打工的店里也能和客人交谈。可是，我心里的'学校'和'打工的店'，对你们来说一定只是构成'小初'的场景元素而已，'奶奶'也一样。就算你们没有有意识地创造，潜意识里一定也做出了设定。如果不认识你们，我或许还能感觉自己是个正常人。我到底为什么要和你们一起玩呢？"

听了她的话，我说："不过，这辈子总会有那么一次吧——我的世界和你的世界不再被隔开。"

"不可能，从物理层面看绝对不可能。"木园接过话说。

小初既没有否定也没有肯定，而是表情复杂地坐在那里，一动不动。

高二那年的梅雨季节，每天都下暴雨。小镇本来降水量就大，但那年梅雨特别大，也许我一辈子都忘不掉。

雨一直下，河水一直上涨，我们碰头的桥下很快就被淹没了。下水道也一样，现在入口肯定像个无底洞一样在拼命吸水吧。我在雨天望着窗外瞎想，忍不住颤抖起来。每次想象那个情景，我都会浑身发冷。

一个周日的傍晚，我在客厅看电视，妈妈突然铁青着脸走了进来。刚才外面还一直传来嘈杂的雨声，现在雨已经快停了。

"听说隔壁石桥家的小朋友伸广中午就不见了。那孩子不在家里，外面下着这么大的雨，也不知跑到哪儿去了。"

我想，原来就因为这个啊。外面虽然阴沉沉的，但天还没黑，小伸肯定很快就会回来了吧。他都上小学一年级了，以前也没少让父母和邻居们担心。

有一次，小伸晚上八点还没回家，父母都准备打电话报警了。我想了想，走到桥下一看，小伸已经在下水道入口睡着了。

"肯定没事的，他说不定藏在壁橱里呢。"

"可他家人都找了好多遍了。"

"有时候无论找多少遍都找不到，等你快把这件事忘了，他就自己跑出来了。"

"镇上出过那么多溺水事故，我真的很担心。伸广该不会掉进河里了吧？"

到了夜里，小伸还没回来，决定性的证词却出现了。住在附近的老爷爷白天到邻居家送社区联络簿时，在河边看到过一个像小伸的男孩。

妈妈露出了担忧的神情。小伸掉进河里的消息一下就传遍了街坊邻居。

夜里雨停了，我根本睡不着，便起身往河边走。老爷爷看到小伸时，小伸就在通往下水道入口的那条河河边。

难道小伸打算像平时一样到桥下去，结果掉进水里了？他可能不知道那里每到这段时间就会被水淹没，像平常一样过去玩了。我脑中浮现出这样的想法。

河边有很多大人拿着长棍子在河水里搅动，手电筒的光束沿着河岸连成一条长龙，好像祭典一般。

我碰到了木园，他好像也大概掌握了情况。

"你觉得他还活着吗？"我问了一句。

木园的回答十分冷淡。"他最后一次被人看到不是白天吗？可能性不大吧。就算我们再怎么担心，已经死掉的人也活不过来了。"

我对木园说："我再也不想见到你了。"

木园摆了张臭脸，没有说话，而是咔嚓一声，把周围的情景收入了相机。

我又对他说："无论发生什么，我都再也不看你的照片了。"

第二天要上学，不过我没去，而是待在家里无所事事。天上阴云密布，但没有下雨。小伸昨天一夜未归。

中午，有人打电话找我。妈妈说是淳男，我接过电话直接挂掉了。

"我去散散步。"说完我就离开了家，很自然地向河边走去。昨天那些大人已经不在了。我听妈妈说，他们在顺着下游方向找。看来他们并没有发现下水道的入口。

河水已经退去，水位只比平时高了一点儿。我觉得水在这个高度应该灌不进下水道了。

我在桥附近碰到了小初。

"呀，好久不见了。"小初笑着朝我挥挥手。如果频繁下雨，我们就没法在桥下碰头。所以一到梅雨季节，就很难见到小初。当然，她如果愿意到我或木园家就好了，但她从不去。

"过得怎么样？……怎么了？你哭什么啊？"

我和小初说了小伸的事。她一开始好像觉得我在开玩笑，但意识到我是认真的后，脸上就失去了血色。她变得像小松鼠一样惊慌失措，坐立不安。

我刚说完小伸的事，一辆自行车咯吱一声停在了面前，是木园。看到那家伙，我很不高兴，索性扭过头去。

"你怎么在这里？我给你打电话了。"木园看到了小初，大声说道，"来得正好！"

"小伸的事是真的吗?!"小初紧紧抓住木园。当然，木园的衣服上没有褶皱。

"看来他真的掉进河里了。不过，刚才查明一件事，是好消息。"木园的眼镜闪了一下，语气很自信。我和小初肯定都露出了穷人家的孩子聆听圣人教诲般的表情吧。

"据说，今天小学晨会上校长提到了小伸——不行，现没时间细说了，得抓紧时间！"木园看着我们的眼睛继续说道，"简而言之就是小伸的幽灵出现在了小学里。说是幽灵，但只有声音。周围明明没有人，却能听到一个微弱的声音在求救。听到声音的是个一年级女孩，还是小伸的同班同学。她说那确实是小伸的声音。她受了很大惊吓，还当场呕吐起来。不过无论人们怎么找，就是找不到小伸。

现在这个传闻已经传遍了整个学校。"

"救命……"

我突然感觉自己听到了那个声音，它萦绕在脑海中，挥之不去。木园到底想说什么？

"耕平，现在不是站在这儿闲聊的时候！快，小初，你在前面带路！小初在这儿真是帮大忙了！"木园掏出一支手电筒塞给我。

小初拔腿就跑。

"你还没明白吗？女孩听到小伸声音的地方，就是校长掉钱包的地方啊。小伸掉进河里，奇迹般地被吸入了下水道。又或者，他本来就打算去下水道吧。总而言之，他还活着。不知他是不是顺水漂流的时候被什么卡住了，反正下水道嵌着铁栅栏的地方传出了他的声音，而且还被一个女孩听见了。这么多巧合重叠在一起，可以说是奇迹了。看来人要活下来，还真的很难死啊。"

我们在小初的带领下，匆匆赶往下水道深处嵌着铁栅栏的地方。

可是，小伸并不在那里。

"一定是被冲走了。"

难道我们要找遍整个下水道吗？我担心地想。

"小伸如果被冲走了……那应该在最深处那个积水的地方吧？"

木园话音刚落，小初便丢下我们迅速向前走去，一会儿就不见了。总之，她现在特别拼命，我不禁怀疑从我们认识起她是否曾这么拼命过。

实在没办法，我和木园只好滚动着手电筒，一点点向下走。用这个办法应该能走到那个地方。

小学毕业后，我们就没这样往下水道深处走过。里面变化很大，一定是因为刚下过大雨，墙壁湿漉漉的，还有一股腥味，可能是鱼在里面腐烂了吧。不过很奇怪，我们明明都长大了，却并不感觉这里的大小有变化。难道在这片黑暗中，我们又变回了孩子？

"'小初'其实是猫的名字。"木园边走边说，"耕平你不是在我房间看见过猫的照片吗？那就是小初一世，现在这个小初是二世。这个名字是小学四年级发生杀死小鸡那件事时我突然想到的，其实就是幼儿园时我家养的母猫的名字。"

"我一直很好奇你当时为什么和老师说小初是女生，因为完全没必要撒谎说是女生的。"

"……刚开始我一直以为小初一世是只公猫，直到它肚子变大了，才发现是只母猫。不过，它快生小猫的时候被车撞死了。我爸把死去的小初装进纸箱里，在一个下雨天放到河里去了。可是，在纸箱被冲走前，我仿佛听到里面传来了微弱的声音。那说不定是小猫的声音。我觉得，小初虽然死了，但肚子里的小猫还活着，说不定就在纸箱里出生了。不过没等我确认，爸爸就把纸箱放到河里了。那条河，就是现在这条。"

"既然是雨天，那只猫说不定被吸进了下水道，最后又沉到了我们正要去的地方。"

"所以我有点儿害怕那个地方。"

说着说着，我突然意识到，木园家那只猫的故事和我试图把小鸡塞进排水沟冲走的事其实有点儿像。

那天木园一脸平静地听我陈述自己的罪行，就像听电视节目解说一样，难道是因为联想到了自己的经历？

这么想来，我似乎可以理解木园当时为什么包庇我了。他包庇了我，是不是自己也获得了救赎呢？

对木园来说，创造小初就是让那只猫起死回生。小初不是猫妖，而是不折不扣的幻觉。同时，创造小初或许也是木园对猫咪们的一种赎罪。

我只不过是沾了木园和小初这种独特关系的光而已。

而我对此毫无察觉，仿佛为了让小鸡起死回生一般，也加入了创造小初的行动中。

……是不是我想太多了？

不一会儿，我们两人就来到了最底层的大隧道，立刻紧张起来。

那里像以前一样积着水。昨天涌进下水道的水应该都流到这里来了，可是水位看起来跟之前相比没什么变化，也不知道这里究竟是什么构造。水面上漂的垃圾也不多。在手电筒的光的照射下，汽油一样的黑色水面摇曳着波光。这里没有风，水面却鳞波荡漾。

找到了。小伸仰面浮在水面上，小初在他身旁。小初站在齐腰深的水里，她好像在水里游了一番，连头发都湿了。小初把手放在小伸的脸蛋上，怜爱地看着他。那表情就像位母亲一样，到现在我还记得清清楚楚。

确认小伸还有呼吸后，我就把他背回家了。木园则打开闪光灯，把周围的景象拍了下来。

由于小伸已经失踪了一天多，大多数人都没指望他还活着。我和木园在这种时候把他带了回去，顿时成了英雄。小伸的父母含着眼泪感谢了我们，而我第一次被大人们这样对待，心里想着趁此机会该要点儿什么东西。

　　大人们问我们是在哪里找到小伸的，我们回答："他被关在小学的体育仓库里了。"至于有人在河边看见他，我们解释为他当时正在去小学的路上。毕竟，大人们已经找遍了那条河，而我们又不想透露有关下水道入口的信息。

　　大人们听到这个说法，全都突然泄了气，表情似乎在说"什么啊，原来在那种地方"。他们好像没发现小伸的衣服湿了，当然，我和木园也不再被当成英雄。当我向父母要电脑作为奖励时，他们用一句"说什么胡话呢"打发了我。

　　大约过了一个月，我对小初提起要电脑的事，她说："唉，你这人真没用，怎么不编个厉害点儿的谎言，把自己吹嘘成英雄呢？比如说，小伸被小初拐走了，是你们奋力把他救了出来。毕竟，我可是有杀死小鸡的前科啊。"

　　"那件事真是太对不起了。我再也不会把错误推到你头上了！"

　　"我又没在意！"小初说完便笑了。她从下水道出来后，一直有点儿神情恍惚。重新看到她的笑容，我感到非常高兴。

　　这段对话是我和小初两人边走边说的。小初要去公交车站，天已经黑了，周围很暗，她要回家了。当然，她家不存在于这个世界，只存在于并不存在的小初心里，如同海市蜃楼。

周围一片昏暗，公交车站亮着路灯，小初的影子模模糊糊地映在地上。当然，那影子也是幻觉。

很快，公交车就开了过来。我们正好没了话题，时机刚好。司机看到我便开了门。小初转过头看着我，她看起来十分娇小。啊，我突然意识到，我很久以前就比她高了。她上了高中还像以前一样，经常戴着一顶紫色的棒球帽。不过她和过去相比，变了许多。

"……再见啦。"实际上时间很短，但却觉得花了好久才说出道别的话。小初迈着轻快的脚步上了车，公交车发动了。她在最后一排的座位上笑着朝我挥手。

这是我最后一次见到小初。

第二天早晨，我在电视上看到了交通事故的新闻。事故就发生在附近那座大桥上，离我家只有三四站距离。据报道，公交车在桥上和大卡车相撞，直接坠入了河里。

司机和乘客几乎都遇难了，只有一个孩子奇迹般生还。

死者的名字出现在了电视上。"共计六名死者"，最后的第六个名字，是小初。

咦？我心里一惊，拿起桌上的报纸。出事的公交车就是昨天小初坐的那辆。

妈妈看着电视上的报道说："哎呀，我怎么没听说这件事？离这里很近啊。天啊，死了五个人……"

五个人？我又盯着电视看了一会儿，上面确实显示着"共计六名死者"。啊，我恍然大悟，原来这也是幻觉。

妈妈看到的就是"共计五名死者"吧，这的确没错。事实上，电视和报纸应该都报道的是"五名死者"，只有我看见了第六名死者的姓名……

后来，我和木园在桥下等了好几天。我们都难以置信，久久不能释怀。小初毕竟是幻觉，怎么可能在交通事故中死去呢？我们情绪低落地在下水道入口等待着，相信她会大喊着"我来了"，再次出现在我们面前。

可是，无论我们怎么等，小初都没有来。

"……她真的死了啊。"从木园说出这句话开始，我渐渐接受了小初的死。不，我不知道"死"这个说法是否准确。小初本来就是幻觉，用"消失"应该更合适。不过，对我们来说，"死"才更符合内心的感受。我们感到很悲伤。

"小初的妈妈也在伤心吗？"

我话音刚落，木园就用前所未有的严厉语气说："别去想小初的妈妈了！根本没有这个人！你还想让更多人伤心吗？"

不久以后，木园就从高中退学，到一个遥远的小镇去学习摄影了。

我无心学习，懒散地度过了高中，妈妈看到成绩单，几乎晕倒在地。没关系，我不在意。

就这样，事故过去了一年……

4

约定时间已经过了一会儿，木园才走进咖啡厅。他看到小伸坐在我旁边，好像有点儿吃惊，因为我没告诉他今天会把已经上小学二年级的小伸带过来。

桥上摆着许多花束。

事故留下的痕迹已经被修复了，不过还是能从撞坏的栏杆推测出公交车坠入河里的位置。我俯视下方，这里离河面很远。我心想，小初死的时候是不是没什么痛苦呢？我又想，对小初来说，"没什么痛苦"和"轻松"这样的字眼好像并不恰当，便不再去想了。毕竟，她只是幻觉。

风不停地吹着，我们放下买来的花束，双手合十。小伸也在一旁模仿着我们的举动。

我闭着眼睛回忆小初。虽然已经过去一年了，我还是能想起许多细节，她的姿态，她的声音，她的全部……对，这种感觉……和第一次见到她时一样。

我就这样幻想着。过一会儿睁开眼时，我在脑中描绘的小初会不会出现在我面前呢？我抱着一丝期待睁开了眼睛，她果然没有出现。

"回去吧。"木园说着牵起了小伸的手。

"嗯。"我点点头，转过身。风吹得上衣呜呜作响。

我们眼前出现了一个孩子，他戴着紫色的棒球帽，身穿短裤。

我惊讶得心脏几乎停止了跳动。"……小初？"

不，不对。我仔细看孩子的脸，不是小初，是个陌生的男孩。

"抱歉，我认错人了。"我向他道歉。

男孩歪着脑袋说："小初是不是那个死在公交车上、戴帽子的女孩？你们认识她吗？"

我和木园面面相觑。他怎么会知道小初的事？

详细询问后，我们得知原来他就是在那起事故中唯一幸存下来的男孩。他说，一年前的那个晚上，他就坐在公交车的最后一排。

"最后一排……当时小初也坐在最后一排……"

"嗯，我一开始还以为那排座位上没人。"男孩点了点头，继续说道，"不过，事故发生的瞬间，一个不知什么时候坐到我身旁的大姐姐紧紧抱住了我。多亏了她，我才没有受重伤，最后还得救了。大家都说我没死是个奇迹。当时那个大姐姐戴着紫色的帽子，于是从那以后，我也开始戴同样颜色的帽子了。大姐姐把我抱得紧紧的，我能闻到她身上有甜甜的口香糖味。不过，那个大姐姐死了。妈妈曾想找她的家人道谢……但是很奇怪，大家都说那起事故的死者全是男性。"

我们又走进了咖啡厅。

我反复思索男孩的话。我依旧感到悲伤。不过，我之前一直对小初的死耿耿于怀，听完男孩的话，却有些释怀了。

"我以后要学潜水，"我对木园说，"然后把我们被冲到下水道深处的旧玩具都捡回来。你知道吗，那时被冲进去的塑胶怪兽现在能卖好多钱。"

"哦，那我们又得画一张下水道的地图了。没有了领路的人，我们进去就出不来了，所以还得像以前那样，一边数步子一边画。不过，那里面说不定还有更了不得的东西。"

"更了不得的东西？"

"我听说，这一带好像埋着金子。也就是说，下水道是为了隐藏数量庞大的金子才修建的。这样不就能解释为什么地下有那么长的隧道了吗？不过，这也只是传闻而已。"

"好，我们现在就去找找看吧。"

说到这里，服务员正好送来两杯咖啡和一杯冰激凌。

"啊，对了，自从你说再也不想看我拍的照片后，我就一直没给你看过。不过你瞧……"木园从口袋里掏出几张照片递给我。

小初也在照片里。其他人肯定看不到她，只觉得是风景照吧。这些照片只对我和木园有意义。

最后一张照片里没有人，只有一面墙。

"这是下水道最底层的墙壁，是一年多前去救小伸时照的。"

墙上写着"管耕平"和"木园淳男"，中间还用马克笔写着"小初"。

"啊，原来小学四年级的那个时候，小初也在我们身旁啊。这上面的字应该也是幻觉吧。"

正在吃冰激凌的小伸抬起头来。"我记得小初哟。"

"嗯，小子，别把她忘了。你看不见小初，应该不知道小初长什么样吧？"

木园说完，小伸摇了摇头。"我看见了。"

"骗人。"

"可我确实在那个黑黑的地方看见她了。我好像浮在水上，周围一个人都没有，特别害怕，这时小初来了，所以我才没有哭。倒是小初看到我差点儿哭了。"

我立刻就想到这是去救小伸时的事。原来小伸那时看见了小初。

"小子，当时我们也在那儿啊，你记得吧？"

听了木园的话，小伸一脸不高兴。"骗人，你们不在。"

"这家伙把我们给忘了。"木园耸了耸肩。

不过，我们竟能同小初一起度过八年时光，这真是太不可思议了。我本以为幻觉都是转瞬即逝的。

只要小初不和我们玩了，这段关系就不会持续下去。小初以前不是说过吗？"我在学校时，可以很正常地和别人说话，在打工的店里也能和客人交谈。"如果我是幻觉，一定会觉得在幻觉的世界里玩耍更快乐。幻觉和身处现实世界的人一起玩耍，大概会不断体会到孤独和疏离的感觉吧。就算小初是我们用脑子创造的人，她也没理由始终与我们相伴。

我问木园的看法，他只是说："啊，肯定有很多理由吧？"

走出咖啡厅时，我说："你知道吗，小初那家伙喜欢我哟。"

我只是想开个玩笑，木园却大吃一惊。"怎么？原来你知道啊。"

"啊？"

"不是，我一直犹豫要不要告诉你……毕竟小初不让我说，她死后你又特别低落。其实很久以前，小初找我商量来着，说她喜欢耕平，应该怎么办。你初中的时候不是在家里帮小初说话吗？她找我就是那之后的事情。幻觉喜欢上真实存在的人，这个问题实在太复杂了。那家伙自己也知道，就算喜欢你也不会有什么结果。在旁人看来，这件事肯定很不正常。所以我对她说，只要她觉得幸福就好了。最后她选择了不向你表白，而是一直当朋友，一直在一起。"

我忽然明白了为什么小初八年来一直没有消失。那是因为，她不想消失啊。

布鲁

1

　　凯莉抱着刚买的制作布偶的材料，走进那家店里准备避避雨。店外没有招牌，不过看店里的情况，好像是家古董店。如果不是，可能就是用来存放闲置物品的仓库。

　　她感觉店里的一件古董动了起来，定睛一看，原来是店主。他是个已近垂暮之年的东方男人。

　　凯莉决定跟店主聊聊天，直到雨停。这是她第一次走进这家店。为了买材料制成布偶换酒喝，她来过这个街区几次，可今天才发现这家店。不过，这几年她一直酒不离手，所以也难怪她没注意到。

　　她打量着杂乱的店内，听着年迈的店主说流利的英语。凯莉觉得他的声音听起来就像某种奇妙而令人愉悦的咒语。

昨天的酒劲儿还没过去，凯莉的大脑迷迷糊糊的，店里堆叠的旧工具和旧美术品时不时地扭曲起来。她漫不经心地回应着，发现一直笑容满面的店主将目光转向了她怀里的东西。

凯莉告诉店主，自己靠制作布偶勉强维持生计。她第一次制作布偶是在刚离婚时，当时她用以前母亲教给她的方法做了一些出来，还拿去卖了。因为她心灵手巧，又有这方面的天赋，布偶竟卖得很好。

"多亏了这个，我从没拖欠过房租。"

店主只会笑，好像已经遗忘了其他的表情。他依旧保持着笑容，沙沙沙地走进了里屋。他行动利索敏捷，好像脚下装了轮子。

不一会儿，店主拿着几卷颜色各异的布料走了出来。他什么都没说，但想必是要把这些卖给凯莉吧。凯莉轻触布料，那比看上去还要顺滑的触感令她惊讶。这种触感很棒，对，就像人的皮肤一样。她陶醉地反复轻抚着那些布料，迟迟不愿意把手收回去。

店主告诉凯莉这是一种神奇的布料。不过，这话只有一半传到了凯莉的耳朵里，因为她实在太兴奋了，一直着迷地摸着布料。她已经构思好了许多用这些布料做成的布偶。一定会是特别棒的布偶！

　　店主开的价有点儿高，不过凯莉还是把给自己留的啤酒钱也递了过去，将布料全都买了下来。她把布料卷起来抱在怀里，感觉像是抱着婴儿一般。

　　确认雨停后，凯莉正要走出那家店，背后传来一声"欢迎再来"。角落里不知什么时候出现了一个穿着朴素的女孩，她笑着朝凯莉挥了挥手。她可能是店主的家人吧。

　　"我叫凛，你要再来哟。"

　　凯莉一回到公寓里，就挪开桌上林立的酒瓶，清理出一片工作空间。她准备用构思了很久的纸样来试一试。她预留了小指指甲那么宽的缝头，然后照着纸样裁剪面料。为了防止弄脏，她还小心翼翼地把裁片一张张摆放在床上。

　　裁好一个布偶的面料，从古董店买到的布料还有剩余。一想到还能再做几个布偶，凯莉就十分高兴。

　　她废寝忘食，将裁好的面料用针线缝合起来。虽然她已经很熟练了，还是惊讶于自己的速度。

　　下一步是安上她从其他地方买来的塑料眼睛。她特意选择了褐色。

　　然后，她把刚刚缝合、好似瘪了的气球的面料里外翻转，塞进了棉花，再用专用的小木棒把棉花戳进手脚等纤细处。这样一来，布偶就完成了。

这是个三十厘米高的布偶，按照绘本上的王子形象制作而成。凯莉用白色面料做了皮肤，还在蓝色面料制成的华丽服装上绣了图案。毛线做成的蓬松的褐色头发上，戴着一顶黄色王冠。

凯莉以前只做过动物布偶，王子是她制作的第一个人偶，而且效果出乎意料地不错。凯莉双手捧着新做的布偶，看着他上扬的唇角、褐色的眼睛和雪白的皮肤，突然有种奇怪的感觉。可能因为一直拿在手上，她的体温把布偶焐热了。有一瞬间，凯莉感觉那是王子的体温。如此一来，这个布偶莫名地散发出一种人类的气息。他明明长着一张童话人物的脸啊。

凯莉余光看到有什么东西动了一下。她以为是老鼠，但并不是。刚才剪完裁片、满是洞的布料竟自己卷了起来。仔细一看，原本方方正正的布料也变形了，还出现了褶皱。

凯莉想了好一会儿，最后得出结论：应该是温度和湿度变化使布料收缩了。不过，她制作了这么长时间布偶，从未见过会发生这种变化的布料。虽然不确定布料会不会只因为温度和湿度变化就卷曲起皱，但凯莉认为古董店的店主一定是把次品卖给她了。

她大失所望，试着用熨斗熨了一下卷曲的面料，发现可以恢复原状。虽然可能还会因为室温变化变形，她还是暂时松了口气。

这时，刚做好的王子突然动了一下。但凯莉没有在意，以为布偶的面料也因为温度和湿度变化而收缩了。

做好王子后，凯莉又做了一个公主，当然还是用那种布料仔细缝制而成的。公主有雪白的脸蛋和胳膊，穿着长裙，黄色毛线做的头发格外醒目。凯莉将两个布偶并排摆好，他们看起来就像童话书里的插画一样。

她想，再做一个保卫王子和公主的骑士吧。

就在这时，王子的手脚又动了起来。凯莉已经好几次用余光瞥到了这种现象，现在终于感到有点儿可怕了。她一边裁剪面料，一边思索着各种可能性。也许没什么可大惊小怪的，或许就像她刚才想的那样，布偶由好几个部分组成，每个部分随着环境变化朝不同的方向伸缩，所以布偶才会手脚弯曲、脑袋后仰。

凯莉拿起王子，试着晃了几下，但什么都没发生。她又把耳朵凑了过去。

"噗噗……"她听见了微弱的声音。不，不是人声，凯莉摇了摇头。仔细一听，其实是空气从接缝漏出来的声音。她以前从未听过这种声音。不过，一定是因为这种布料十分细密，连空气都透不出去，所以每次布料收缩，空气就会从接缝漏出来，发出微弱的声音。

当身穿灰色面料做成的铠甲、四肢修长的骑士完成时，公主也动了起来。凯莉已经非常疲倦，视线都有点儿模糊了。她决定休息一会儿，便把刚做好的布偶放在其他两个布偶旁。她倒在潮湿的床上，昏迷般睡了过去。

醒来时，凯莉发现三个布偶全都转向了她。她一开始觉得自己在做梦，但好像并非如此。她想，一定是布料伸缩造成了这种现象。

她决定再做一个白马布偶，做着做着，却发现公主开始手舞足蹈，仿佛想站起来。怎么可能呢？凯莉苦笑着不去理睬，但还是会不自觉地瞥上一眼。

其他布偶也开始试图站起来。他们挥舞着手脚不断挣扎，但都站不起来。那是当然了，凯莉想，他们并不是真的要站起来，只是关节部位的面料在不断伸缩而已。可是，她也知道这些布偶站不起来的真正原因。可能是因为她把他们的手脚做成了不适合站立的球形。

凯莉做好白马后，决定做个实验。为了确认这些布偶有没有意识，她用褐色面料做了几双可以支撑他们体重的鞋子，并套在了他们脚上。

三个布偶站了起来，开始四处走动。凯莉意识到，这并不是因为面料伸缩，而是酒精让她产生了幻觉。既然如此，就没问题了。她放下心来，看着那四个布偶。白马有四条腿，就算没穿鞋子，应该很快也能走动起来。

布偶们满怀好奇地看着房间里滚落的酒瓶和装着棉花的袋子，这里摸一摸，那里碰一碰，还藏在各种杂物的后面。他们偶尔会转向凯莉，抬起头来，好像要询问什么似的。

凯莉虽然听不见，但感觉他们好像在用人类无法听到的声音对话。说不定他们是用接缝漏出来的空气声组成了只有他们能理解的语言。凯莉对这种孩子气的想法感到很无奈。

万一这不是幻觉，那究竟是怎么回事呢？他们的能量来自哪里？难道他们是以温度和湿度之类的环境条件的变化为食吗？

他们有视觉吗？听觉和嗅觉呢？

面对幻觉，再怎么展开想象也无济于事，凯莉开始考虑怎么处理剩下的布料。做好四个布偶后，布料已经所剩无几了。就算把所有布头收集起来，也无法做成能出售的布偶。虽然被古董店骗了，但这些布料的触感的确很好。凯莉实在舍不得把它们扔掉，决定把所有布头收集起来，再做一个布偶。

没有纸样，不过她无所谓，反正有经验。她凭感觉裁了一块蓝色面料。因为白色和肉色的面料一点儿都没剩下，她只能用蓝色面料缝制布偶的主体部分了。塑料眼睛也用完了，没办法，她只好用黑色油性马克笔画出了眼睛和嘴巴。用来做头发的漂亮毛线也用完了，她就从垃圾桶里翻出一团因制作失败而扔掉的乱蓬蓬的黑色毛线。

不知不觉间，四个布偶都凑到了凯莉身边，饶有兴致地看着她的双手。凯莉挥挥手让他们走开，这个动作可能把布偶们吓到了，他们一下就散开了。

用布头做成的布偶很丑，看起来像个女孩，却有着明亮的蓝色肌肤，穿着深蓝色的衣服。面料不够的地方，就用其他颜色的面料补上，以免棉花漏出来。布偶的四肢长短不一，由于没剩下做鞋子的布料，凯莉便把布偶的脚尖剪下来，把腿的底端弄平。

凯莉并不在意这个布偶的外形，只是不知道该如何称呼它。因为已经做了王子、公主、骑士和白马，她一下就想到了"奴隶"这个词。这个称呼跟布偶寒酸的外表很相称，但是出于道德观念，她放弃了。

凯莉突然看到了镜中的自己。她顶着两个黑眼圈，头发干枯蓬乱，脸色发青，和刚做好的布偶没什么两样。

"对了，你长着一张看起来很不舒服的蓝色的脸，不如就叫你'布鲁'① 吧。"

布鲁，布鲁，她低声呼唤了几次，躺在地上的蓝色布偶动了起来。

2

唐·卡洛斯犹豫再三，走进了这家店。店外没有招牌，但这无疑是家古董店。关上店门，刚才突然下起来的雨的声音变小了。他一边留心西装上的水滴，一边把脸凑近琳琅满目的壶和雕像，仔细观察。商品全都一尘不染，显然常有人打理。

唐正专注地看着店里挂满了整面墙的刀剑，突然身后

① 原文为"ブルー"（BURUU），即英文中的"BLUE"，意为蓝色。

传来一个声音。店主不知何时出现了，正抱着胳膊站在他身后。她自称凛，是个让人看得着迷、以至忘记时间的东方美人。

"我第一次来这里，现在已经后悔之前路过时没有进来看看了。"

"大家都这么说。"

店主斜靠在柜台上，和唐随意地聊了一会儿。唐告诉她，自己正在给马上就要过十岁生日的女儿找礼物。

"是吗，该选什么好呢？选一只在家里到处拉屎、让父亲很头疼的动物怎么样？"

唐听着凛轻快的声音，心情愉悦地环视店内，突然想起了一部电影。那部电影里有一家中国人经营的神秘的古董店，一个父亲从店里买了一种很像老鼠的生物。如果没记错的话，电影里那种生物一沾水就会变多，半夜十二点后给它喂食它就会变得很残暴，但它一照到阳光就会死。唐把想到的这些告诉了凛。

"那部电影里的古董店就是以这里为原型的呢。导演是我们的常客，我爷爷卖了好多东西给他。沾水就变多的老鼠也是从我们店里买的，不过都死了，一只都没剩下。"

"真是太可惜了。"

唐以为她在开玩笑，她却认真地点了点头。"当初真不该把养在笼子里的老鼠从开着冷气的房间拿出去。一出房门，老鼠身上就凝结满了细密的水珠……想起来我都毛骨悚然。你想啊，盛冰镇饮料的杯子表面不是会凝结水珠吗？这种现象也发生在了老鼠身上。结果，笼子里的老鼠飞速增多，一下就全挤死了。笼子实在太结实了……"凛叹了口气，重新问唐，"你准备给女儿买什么礼物？"

听到唐回答说女儿有收集布偶的爱好，凛打了个响指。"我这儿正好有合适的布偶。"

"该不是里面藏了军方研发的电脑芯片、会动起来攻击人类的人偶吧？"

"那种最近卖光了。"

"我可不要会动的布偶。要是有那种功能的话，我可是要退货的。"

唐是在开玩笑，凛却把手指按在嘴唇上陷入了沉思，随后对他笑了笑，走进了里屋。

一分钟后，美女店主拿出五个布偶，在柜台上一字排开。其中四个非常可爱，制作得十分精美，女儿看到肯定会喜欢。唐摸了摸布偶，手感很好，他感觉好像有一股电流蹿过了指尖。

"这些布偶很精致啊。"

"这是很有名的布偶制作家的作品。"

唐第一次听说"布偶制作家"这种说法，想来应该是指以制作布偶为生的人。

"这些布偶是业界名人凯莉的遗作。她的作品经常被杂志介绍，至今仍具有很高的价值。不过，她本人开枪自杀了。"

唐听了以后，点点头表示知道了。他有一种奇怪的感觉——无论价格多昂贵，他都必须把这些布偶买下来。等他回过神来，他已经掏出了钱包。

"请把这四个布偶卖给我吧。虽然不太懂，但我感觉它们很好。这些布偶真不错。"

"哦，你只要四个？这个不要吗？你要把它扔下？"

凛说的第五个布偶外形非常奇怪，全身扭曲着，看起来很廉价。这个布偶和其他四个真的是出自同一人之手吗？这个布偶的脸和四肢都是蓝色的，还穿着让人联想到魔女的深蓝色衣服，实在谈不上可爱。说得难听一点儿，看起来不像是精神正常的人的作品。

"我不要这个。"

"我不收钱，白送给你。"

唐禁不住免费的诱惑，便让店主把五个布偶用包装纸包起来并系上丝带。

*

布鲁和其他布偶被年轻的女店主拿回了里屋。

凛找出大张红色包装纸和黄色丝带，同时用店里那位客人听不见的音量小声说："大家都听好了，我马上要把你们包起来卖掉，不过你们要注意一点儿——那匹马，别闹了！"

凛双手按住一直在布鲁旁边乱动的白马，让他坐着不动。相处了很多年，布鲁知道白马一刻都没法安安静静地待着。

"那位客人一点儿都不愿意看到你们动，还说要是布偶会动，他就退货。你们也不愿被退回来吧？所以你们在客人家里绝对不能动哟。一定要像普通布偶一样，明白了吗？"

布鲁认真地点了点头，决心牢牢记住店主的话。可是，她心里雀跃不已，已经顾不上这些了。她不断想着，自己即将去的地方是什么样的呢？如果是干净漂亮的房子就好了。收到礼物的会是什么样的孩子呢？打开包装时，孩子会露出什么样的表情呢？想象着孩子拆开礼物时满脸的笑容，她的心已经开始飞速跳动了。

"你们可别被送回来了哟。"凛把五个布偶拢到一块儿，用包装纸包了起来。

视线被遮挡的瞬间，布鲁用尽全力发出声音："凛，再见啦！"她知道人类听不见布偶的声音，但还是忍不住说了出来。

布鲁隔着包装感觉到凛系上了丝带。她看了看周围的布偶们，包装纸里一片漆黑，但有没有光对他们毫无影响。

"唉，总算有买家出现了。他连布鲁都愿意收下，真是不可理喻啊。"白马还是一刻都停不下来。他经常嘲笑布鲁跟大家不一样，但布鲁并不讨厌他，而是把他当成共同生活了好几年的重要伙伴。

躁动不安的白马。

高傲的王子。

温柔的公主。

寡言的骑士。

大家没有被分开买走，布鲁松了口气。总之，她觉得大家能在一起就是最好的。

她感觉到礼物被提了起来，从凛手上转到了客人手上。那孩子要是会高兴就好了，布鲁心里充满了期待，胸口的接缝都快绷断了。

3

买下布偶的卡洛斯家里有四口人。当推销员的唐、唐的妻子、还不会说话的小男孩泰德，还有将要过十岁生日的温蒂。布偶们在包装里仔细听着一家人的对话，获得了这些信息。

温蒂打开礼物，露出了灿烂的笑容，布鲁一眼就喜欢上了她。

小女孩把五个布偶摆在放着生日蛋糕的餐桌上，高兴地亲吻了父亲的脸颊。"谢谢爸爸！"

父亲把女儿抱起来，发现她比一年前重了一些。这沉浸在幸福中的一家人映入了布鲁用油性马克笔画出来的眼睛里。这就是她在凛的古董店里偶尔会从电视上看到并一直憧憬的幸福家庭。

她正陶醉地看着少女天使般的笑容，旁边的小男孩却用沾满奶油的手来抓王子了。他是温蒂的弟弟泰德。布偶们都本能地害怕肮脏的手，布鲁紧张起来。

"泰德！不准摸！"

泰德突然被姐姐推开，跌倒在地。但他没有哭，看了看姐姐，又看了看布偶，逃也似的跑出了房间。布鲁注意到，那时他的目光有点儿阴沉。

"我讨厌那家伙！他上次还把我的书弄皱了！"

父亲一个劲儿地安慰温蒂。布鲁从少女的话里知道了一些关于泰德的事情。看来他是个粗暴的小孩，特别喜欢弄坏或弄脏温蒂喜欢的东西。他从房间跑出去，家人似乎并没有在意。或许这种事在卡洛斯家经常发生吧。

不一会儿，温蒂的妈妈珍妮弗就端来了饭菜。为了避免弄脏礼物，她吩咐女儿把布偶们拿到二楼的儿童房去。

儿童房里已经摆满了布偶。架子和床上坐着小熊、小狗，以及各种大小不同的动物。知道温蒂很喜欢布偶后，布鲁更加喜欢她了。

温蒂面带笑容，逐一拿起父亲刚送给她的布偶端详，然后摆到桌上。先是王子，然后是公主、骑士、白马。小女孩陶醉地看着他们。布鲁以为下一个该轮到自己了，结果她并没有被摆到桌上，而是被放到了房间角落里。她感到有点儿奇怪，但并没有多想。

小女孩关灯离开后，布鲁马上站起来，走到放着其他布偶的桌子旁。她的左右腿不一样长，也没有穿鞋，走路的姿势非常奇怪。因为轻轻一绊她她就会跌倒，白马经常故意给她使绊子。不过，布鲁从没有怀疑过自己和其他布偶不一样。

她抬起头，发现其他四个布偶正在愉快地聊天，话题好像是这座独门独栋、打扫得干净整齐的房子。布鲁想加入他们，可是她只有三十厘米高，很难爬上去。最后她放弃了，在下面喊了一声："为什么只有我没被放在桌子上啊？"

四个布偶立刻停止了交谈。

"是啊，为什么呢？"上面传来白马强忍着笑的声音。布鲁不明白他为什么要笑。

"我也想上去！"

"绝对不行。要是温蒂回来了，发现你在这里，她不就发现我们能动了？"

王子说完，四个布偶好像布鲁不存在一样，继续交谈起来。"刚才太危险了。不是有个叫泰德的男孩吗？要是被那只小脏手碰到，肯定洗不干净了。我才不想被弄脏。我绝对不会让那家伙碰到我雪白的肌肤，绝对不会！"

"对啊，千万要注意别被食物弄脏了。"公主点头表示赞同，黄色毛线做成的头发微微晃动。

布鲁突然感到很寂寞。她看向骑士，骑士却移开了目光。

她得趁温蒂没回来，赶紧回到原来的地方去，于是迈起奇怪的步伐走回房间角落。说不定女孩刚才太着急了，连把她放到桌子上的时间都没有。今天睡觉前，女孩一定会好好欣赏她。

然而，温蒂一回到房间就躺下了。当然，她把父亲送给她的布偶放到枕边，把脸埋在里面睡着了。布鲁没有被拿过去，十分羡慕床上的王子他们。明天，女孩一定会拿起她玩耍。明天晚上，女孩一定会把她带到床上。被遗忘在房间角落里的布鲁依旧这样坚信着。

可是过了好几天，还是没有人拿起布鲁。

王子他们很快就成了温蒂最喜欢的布偶。她每天一放学回家，就会和住在附近的好朋友莉莎一起玩布偶。

温蒂还给除了布鲁外的其他四个布偶起了新名字。莉莎则用厚纸板为骑士做了一把剑。剑上裹着铝箔纸，刀刃闪着银光，还能用一根橡皮筋固定在布偶手上。骑士没有剑说不过去，莉莎这么说着，把剑安了上去。她真是个心灵手巧的女孩。

莉莎做的剑很适合骑士。一天晚上，布鲁和骑士说了自己的想法。

骑士的回答很冷漠。"这样的剑只会碍手碍脚。"

"你要珍惜它呀。我连名字都没有。"

布鲁很羡慕其他布偶，因为他们都有温蒂她们起的名字和亲手做的饰品。这些仿佛都是受到喜爱的证明，而她什么都没有。所以，她觉得骑士应该再高兴一些才对。

温蒂和莉莎一直高兴地与布偶玩耍，直到晚饭时间才恋恋不舍地放下他们。布鲁只能在房间角落里看着两个女孩。她们玩耍时神采飞扬，布鲁不禁做起了白日梦。要是有一天，她也能加入其中该多好啊。

布偶们平时都被十分珍重地保管起来，以免弟弟泰德捣蛋。不过，在一屋子布偶里面，卡洛斯家的少女最珍爱的就是架子上那个大大的布偶熊。女孩给布偶熊取名麦克斯，几乎每天都会用梳子梳理他长长的金色毛发。布鲁从半夜悄悄交谈的王子他们口中得知，麦克斯是住在远方的祖母送给温蒂的礼物。王子他们好像对布偶熊怀有强烈的嫉妒心。

事情发生在一个雨天。温蒂上学的时候，布鲁他们正在没有人的儿童房里自由行动。房门突然开了，有人走了进来。是全身被雨淋得湿透的泰德。凛曾经说过，他们要是被人发现会动，就要被退回去了，所以他们慌忙停了下来。因为是布偶，他们不会冒冷汗，不过布鲁十分紧张。要是她有心脏，这时一定快炸了。

泰德在地上留下一串泥水脚印，从布鲁面前走了过去。不用说，他刚才一定在雨里玩泥巴了。布鲁心里很慌，不知道他究竟想干什么。只见泰德伸出脏兮兮的小手，抓起了布偶熊麦克斯。

不出所料，温蒂放学回来看到麦克斯被弄脏了，十分生气。她先揍了罪魁祸首泰德一顿，然后请求母亲珍妮弗把布偶洗干净。她一直在哭。同样是布偶的布鲁很同情麦克斯。同时，她也希望当她变成那样时，会有珍重她的人愿意为她哭泣。

那天晚上，王子和白马格外高兴。温蒂最喜欢的布偶被弄脏了，他们都在幸灾乐祸。

"老实说，我当时真是吓了一跳。虽然泰德突然进来的时候很吓人，不过，如果他每天都来弄脏除我们以外的布偶，那就太好了。"

布鲁很想反驳，但没有出声。过了一会儿，泰德浮现在她的脑海中。

其实布鲁不怎么了解泰德。自从被卡洛斯家买回来，她从没有见过泰德露出笑容。不，她连泰德哭的样子都没有见过。无论温蒂怎么打泰德，泰德都只会一脸怨恨，但绝对不会哭出来。他和表情丰富的姐姐真的很不一样。

只要泰德稍微表现出要摸布偶的样子，温蒂就会大发脾气，所以泰德基本上都在其他房间玩。他晚上好像睡在父母身边，由此可见，粗鲁的他基本上不被允许进入儿童房。自从那个雨天出事之后，姐姐就更不允许弟弟进入儿童房了。她要保护她的宝贝布偶，不让他们被弟弟弄脏。

莉莎突然放下吃了一半的甜甜圈，说："那边那个奇怪的布偶是什么？"

布鲁发现话题关于自己，兴奋得几乎要跳起来。

"那是爸爸送我的生日礼物的赠品。他说因为这个免费，就拿回来了。"

"那是爱德华和玛丽的朋友了？"

温蒂给王子取名爱德华，给公主取名玛丽，十分疼爱他们。

"才不是呢，我才不要那样的布偶。"

"那你干脆送给泰德吧？"

听到莉莎的提议，温蒂好像吃了一惊。"真是个好主意！"

温蒂马上抓起布鲁，把她带出了房间。"来，这个给你。这样你一定不会再碰我的布偶了。"

泰德正在用蜡笔画画，一把抓过姐姐给他的布偶。一开始布鲁还无法理解到底发生了什么，还相信这只是暂时的安排。温蒂一定是不忍心泰德连一个玩具都没有，才把自己借给了他。泰德没有玩具，是因为父母每次给他买新玩具，他都会马上弄坏。布鲁被男孩沾满蜡笔碎屑的手紧紧抓住，可她坚信只要过上几天，温蒂就会把她接回去。

可是过了好几天，温蒂始终没来接布鲁。布鲁变得一天比一天脏。泰德一点儿都不珍惜姐姐送的布偶，一直对她非常粗暴。

当双臂被用力拉扯、接缝几乎断裂时，布鲁觉得自己真的要被扯断了。当珍妮弗见到她身上的蜡笔涂鸦时，不但没有生气，反而说："哎呀，画得真好。"

不知为什么，卡洛斯一家都对布鲁被弄脏这件事毫不在意。这是布鲁最大的疑问。她很担心就算自己被泰德弄坏了，也没有人会在乎。不过，她很快便把这种可怕的疑虑抛到了脑后。没有谁会平静地任由礼物被弄坏吧?

现在,布鲁每天都像生活在地狱里。她被泰德用力甩来甩去,还沾了一身的口水,却没法逃跑。珍妮弗从不帮她洗掉身上的泥巴和食物污渍,她只能半夜偷偷跑到洗漱的地方自己清洗。可是,几乎所有污渍都洗不掉,她有些消沉。

泰德还很小,一只手抓着布偶走动时,布偶一半都拖在地上。每次布鲁被带到外面,双脚都会在地面上摩擦。再这样下去,恐怕她脚上的面料会磨破,里面的棉花全都会跑出来。因为是布偶,她感觉不到疼痛,但一想到组成身体的面料破损、棉花跑出来,她就害怕得直发抖,动弹不得。

不仅如此,她还碰巧看到了非常可怕的东西——泰德以前弄坏的玩偶的残骸。被他扯下的玩偶的手脚和脑袋像小山一样堆在杂物间里。唐去杂物间拿拖把时,布鲁无意中看到了里面的情景。塑胶恐龙和迪士尼人物的脑袋上,泰德的牙印清晰可见。

怎么会这样!原来所有玩偶都承受不了这孩子的粗暴对待吗?布鲁十分惊愕,同时感到一阵难以遏制的恐惧。将来有一天,她也会被弄坏,然后被扔在那个大箱子里,从此不见天日吗?

几天后,布鲁脚上的布终于经受不住地面的摩擦,破了一个小洞。这时,她全身上下已经没有一处干净的地方,许多部位的缝线都岌岌可危了。再这样下去,她被泰德弄碎只是时间问题。

晚上,卡洛斯一家睡下后,布鲁来到了儿童房。珍妮弗确认女儿入睡后,一般都会留一条门缝,所以布鲁能过去看儿童房里的伙伴们。可是王子和白马好像不喜欢她走进儿童房,于是她每次都只会在门口看一看。

一开始,布鲁觉得自己脚上的破洞很丢人,就尽量把洞藏起来。与一天天变脏的自己相比,王子他们一直都完美无瑕。有一次,四处跑动的白马发现了布鲁脚上的破洞,就开始嘲笑她,因为透过破洞都能看到里面的棉花了。不仅如此,从破洞露出的布鲁身体内部也不是纯白色的,因为污渍总是渗透到里面,有点儿发黄了。

"布鲁连里面都是脏的!我的'棉花肚'一定是白色的,虽然我没见过,但一定是干干净净的白色!"

王子说完,又和白马一起起哄:"大破洞!大破洞!"

"你们别这样好吗?"骑士难得开口了,两个布偶终于安静下来。

"温蒂什么时候才能把我接回来啊？我不想跟泰德在一起了。"

"布鲁，真对不起，她肯定不会去接你了。"公主回答。

"啊？为什么？"

"因为布鲁和我们不一样啊！"白马幸灾乐祸地笑了。

尽管如此，布鲁还是没有放弃希望。她抬起头，看向床上那个丝毫没有注意到王子他们在动的、静静安眠的天使。

第二天，泰德正在午睡，布鲁在他身边听到了卡洛斯夫妇的对话。

"唐，多亏你拿回来这个奇怪的布偶，我轻松多了。"珍妮弗指着布鲁说。

"最近泰德一直抓着它玩啊。"

"是啊，反正它是免费的，坏了也无所谓。而且，这孩子把精力全都发泄在这个布偶上，不怎么在墙上乱涂，也不在家里搞破坏了。这孩子总是一下就把玩具弄坏，给他买玩具真是太浪费了。这个倒是正合适。"

这时温蒂走了过来。

"温蒂，你真的愿意把这个布偶送给泰德吗？"

"当然啦，爸爸。我不想再看见这个不可爱的布偶了。"

布鲁终于意识到王子他们的话有多么正确了。

泰德睡完午觉后，发明了脚踩布偶的游戏。布鲁身上又有一节缝线绷断了。这样下去可不行。她总是想象自己被弄得破破烂烂，被扔在那座坏掉的玩偶小山上的情景。

4

要怎么做，才能让温蒂喜欢上自己呢？要怎么做，才能让那个天使一样的孩子和自己玩呢？寂静的深夜，布鲁坐在卡洛斯家的楼梯上，不断思考着。

对生来就是布偶的布鲁来说，得到孩子的喜爱是她活下去的理由。她从来不知道除了被孩子抱在怀里，还有什么别的生活方式。假如迟早会迎来四分五裂的命运，她希望温蒂能像拥抱其他布偶一样，把她紧紧抱在怀里，只要一次就好。

可是，想出吸引温蒂的办法很难。只要能解决这个问题，她应该就能像其他布偶一样受到喜爱。但无论怎么苦思冥想，她都想不出好办法。

于是，布鲁决定问问公主该怎么办。在这些布偶中，她是最好说话的一个。她不会像王子和白马那样戏弄布鲁，也比骑士更好相处，所以布鲁很喜欢她。

　　"这可伤脑筋了……"公主思考时习惯摆弄自己顺滑的毛线头发，"布鲁，你还记得之前白马说的话吗？"

　　"他说我和大家不一样？"

　　"对。比如，你和王子看起来就截然不同。"

　　"哪里不同？"布鲁歪着头，观察着房间另一头的王子。

　　"你们皮肤颜色不一样啊。王子有纯白的皮肤，而你的皮肤却是蓝色的。如果你也有纯白的皮肤，大家应该会喜欢上你。"

　　"是啊，只要和大家一样就好了。原来是因为我的身体和大家不一样，温蒂才不愿意跟我玩啊！"

　　布鲁向公主道了谢，匆匆走出房间。问题解决了，要是蓝色皮肤不好，那只要变成和大家一样的白色就好了。

　　厨房最右边的柜子里有一袋面粉。布偶的手是球形的，不适合做精细的动作，但布鲁还是努力打开了面粉袋。三十分钟后，一个全身沾满白色粉末的布偶爬了出来。

　　布鲁心情很激动。她有了和王子一样的雪白肌肤，温蒂一定会愿意和她玩了。她决定在温蒂的儿童房外等待天亮，因为她想让温蒂第一眼就看到她。儿童房在二楼，于是她带着一身面粉，爬上了一级又一级悬崖似的台阶。

*

唐·卡洛斯安稳的睡眠被妻子的尖叫打断了。

"亲爱的，快起来！家里好像进小偷了！"

唐揉着眼睛来到珍妮弗所在的厨房，看到惨状后瞪大了眼睛。厨房地上洒满了白色的面粉。

"太不可思议了，最近小偷穷得连面粉都买不起了吗？"

"现在哪里是开玩笑的时候！我们家进小偷了！"

"如果这是小偷干的，那他还真是很喜欢面粉啊。"

"这不是小偷干的？"

"我们丢东西了吗？"

珍妮弗离开厨房去查看钱包。唐忍住哈欠，把不知被谁打开的柜门关上了。他突然发现，满地的面粉上有一串好像小动物留下的脚印，一直延伸到楼梯的方向。

果然是老鼠把面粉口袋咬穿了。他顺着脚印走上楼梯，发现儿童房的门前有个奇怪的东西。那是个全身沾满面粉的蓝色布偶。脚印就停在这个地方。

唐拿起布偶。是那个胳膊和腿不一样长，每次看到都让人心里不舒服的布偶。这东西怎么会沾满了面粉？昨天晚上不是还在泰德身边吗？唐想起那串脚印，脑子里闪过一个念头，但他很快苦笑着摇了摇头。怎么可能呢，难道布偶还能走路吗？

"亲爱的，家里好像什么都没丢。"楼下传来珍妮弗的声音。

也许是因为外面太吵，温蒂打开儿童房的门走了出来。"爸爸，早上好。那是什么？啊，这不是我送给泰德的布偶吗？这家伙又把东西弄得这么脏！不过，反正不是我的，我不在乎。"

*

涂抹面粉的办法失败了，但布鲁没有气馁。她认为，除了把皮肤变白，还有很多办法能让自己变得和大家一样。总之，只要变得和王子他们一样，就能被人喜爱了。

晚上，布鲁确认泰德已经睡着后，又行动起来。吵醒泰德会惹来很多麻烦，因此她每次走动都冒着生命危险。

泰德睡觉前喜欢掐住布偶的脖子，躺下后也迟迟不会松开手。

布鲁正在厨房寻找胶水，突然听见背后有人叫她。她转过头，只见骑士一脸无奈地站在那里。布鲁很快就猜到他为什么会出现在厨房了。今天白天，莉莎给他做的剑不知所踪，他一定正在四处寻找。温蒂她们经常不收拾玩具就跑到别的地方玩，因此常常丢东西。替她们把玩具收拾好，也是布偶们小小的工作之一。

"怎么样，剑找到了没有？"

骑士冷冷地回答了布鲁的问题："没找到，反正我也不需要那种东西，只会碍手碍脚而已。"

"你怎么能这么说呢？那可是莉莎亲手做的。"

骑士看了看布鲁的手。"你又想干什么？"

布鲁把刚才收集到的一把黄线给骑士看。那是她用对布偶来说十分巨大的剪刀从拖把上剪下来的。

"我准备用胶水把这些粘到头上，这样我就能拥有和公主一样的黄色头发了。你看，我的头发不是又黑又蓬松吗？换上黄色头发后，温蒂一定会喜欢上我的。"

骑士将修长的胳膊交叉在一起，看着布鲁。他的胳膊和腿比其他布偶长，所以个子很高。"布鲁，我很遗憾地告诉你，就算把那种东西粘在脑袋上也没用，你还是放弃吧。"

"可是公主说了，如果我也有雪白的皮肤，温蒂就会喜欢上我。我想跟大家一样啊。"

"那家伙只是在捉弄你。"

"你为什么要这么说？公主是个好人！"

布鲁说完，骑士遗憾地摇摇头，一言不发地走了。

第二天早晨，珍妮弗发现了脑袋粘着拖把上的黄线的布鲁。当然，温蒂并没有喜欢上她。

泰德一脸不高兴地把布鲁脑袋上的黄色假发全都拔光了。不知为什么，他好像很生气。自从来到卡洛斯家，泰德可以说是第一次表现出这样强烈的感情，布鲁吓了一跳。泰德为什么要生气呢？拖把做的头发真的很难看吗？难道把头发变成黄色也没用吗？布鲁模仿公主失败后，又想起骑士的话，渐渐开始怀疑自己到底能不能变得和大家一样了。

尽管如此，第二天布鲁还是尝试变得像骑士那样体形匀称，来讨温蒂的欢心。泰德以前弄碎的玩偶残骸都堆放在杂物间里，她从里面挑出合适的手脚，用胶水粘在了自己短短的胳膊和腿上。因为两条胳膊和两条腿都不一样长，她就找了短小的玩偶手脚来拼接成同样的长度。她觉得，只要自己的四肢一样长，就一定能得到温蒂的喜爱。当然，她的尝试又一次失败了。

接下来，她决定模仿白马，因为她想起了很久以前莉莎拿着白马玩时说的话。"我好喜欢这匹马的眼睛，它的眼睛比其他布偶都大。"

白马有一双像黑珍珠一样的塑料眼睛。因为只有他被做成马的形状，脸比较小，所以眼睛显得比其他布偶大。

至于布鲁，她的眼睛是用油性马克笔画出来的黑点。她从没有对与大家的不同之处产生疑问，现在却突然觉得自己的眼睛特别丢人。于是，她半夜找到两颗玻璃珠，用胶水粘在了脸上。她认为，有了这双又大又漂亮的玻璃珠眼睛，大家一定会喜欢上她，但结果事与愿违。

粘上玩偶手脚和玻璃珠后，泰德很快又把这些东西扯掉了。其他人都感到毛骨悚然，珍妮弗尤其反应敏感。不仅是布鲁涂抹面粉的那一次，每天早上都是珍妮弗发现好像被人做了恶作剧的布鲁。

唐对这个每天都换一个奇怪造型的布偶很好奇，可每次想拿起布鲁打量，泰德都会拿着她满屋子乱跑，不让父亲碰到她。

一天下午，布鲁被泰德拖到了附近的公园。公园在一个有许多一模一样的房子的住宅区的正中央，离卡洛斯家很近，所以即使泰德一个人去，珍妮弗也不会担心。布鲁每天都会被带到这个公园，然后被埋到花坛里。泰德经常像小狗一样挖坑埋东西玩。

现在布鲁非常害怕泰德。泰德不像他姐姐那样表情丰富，只会板着脸一言不发地盯着人看，一般人很难通过他的表情看出他在想什么。而且，他拿东西向来不会控制力度，许多东西到他手上都被弄坏了。珍妮弗每次看到儿子伸手要拿什么，都会抢先把那个东西拿走。只有那个免费赠送、被弄坏了也没人心疼的布偶没有这种待遇。

布鲁在公园里任凭泰德摆弄，忽然感到掐住自己脖子的小手松开了。布鲁滑落到地上，抬头看着像突然被冻住般一动不动的泰德，很快就知道了原因。原来，一条对他俩来说都是庞然大物的黑狗出现在公园门口，正盯着他们看。

大狗的红色项圈上连着粗粗的锁链，但是牵狗的人却不见了。大狗每往这边走一步，拖在地上的锁链就会发出骇人的哗啦哗啦声。这条狗好像心情很糟糕，龇牙咧嘴地盯着泰德，呜呜地低吼着。

泰德扔下布鲁逃向攀爬架，大狗撒开腿追了过去。锁链唰地从掉在地上的布鲁旁边掠过，她全身的布都绷紧了。

千钧一发之际，泰德爬到了攀爬架顶部，大狗在下面盯着他一动不动，喉咙里还一直发出呜噜呜噜的声音。布鲁意识到，大狗在等泰德下来。

她不知该怎么办才好。如果不去求救，泰德就太可怜了。可是她身为布偶，不能让任何人知道她会动。她只能躺在地上，一动不动。

布鲁用马克笔描绘的双眼清楚地看到了被困在攀爬架顶部的泰德。他的表情还是没什么变化，不过死死扒住攀爬架一侧的小手却因为用力而发白了。

布鲁心里突然涌出了一种奇怪的感情。她刚才还很惧怕泰德，现在却十分想保护他了。她下意识地站了起来，朝流着口水紧盯泰德的大狗的鼻尖打了一拳。当然，布偶的拳头填满了棉花，一点儿威力都没有。不过，大狗遭到意外袭击，吓得往后退了几步。一瞬间，大狗就盯上了新的猎物，张口朝布鲁咬来。但布鲁已经满足了，因为在她吸引了大狗注意的时候，泰德趁机从攀爬架另一侧逃走了。

狗主人来到公园，把大狗拽走了。几分钟后，布鲁还躺在地面上。她的胸前被咬出了一个大洞，里面的棉花都要出来了。和脚上的小洞不一样，这个洞是重伤。

布鲁感到十分疲惫，感觉自己就要这样腐烂消失了。泰德已经离开，也没有人会费心捡起像她这样脏兮兮的布偶。就在她意识模糊的时候，她不知为什么想起了凯莉。

凯莉是制作布鲁的人，也是她的老师。她教会布鲁认字，还让她记住了常识。在他们被卖到凛的古董店前，大家一直高高兴兴地生活在一起，什么烦恼都没有。布鲁跟其他布偶没有任何区别，所有布偶都在一起玩耍。然而，为什么现在她要遭受这种待遇呢？她好想凯莉，好想再像以前那样和大家开开心心地玩大富翁。她很想哭，但很可惜，布偶没有泪腺。

她躺在地上，仰望着被夕阳染红的天空。那片天空突然被泰德的影子遮住了。他伸手捡起布偶，把洞口漏出来的棉花按进去，然后用手指堵住了大洞。泰德竟然回来了，她感到很意外。

回到家，泰德用玩具胸针堵上了被狗咬出的大洞。这种处理虽然简单，但足够防止里面的东西跑出来了。泰德很聪明，布鲁再次感到意外，因为王子他们谈论泰德时，总是说他是个又坏又蠢的小孩。

泰德应该看到她动了，却没有什么反应。布鲁甚至在想，这孩子是不是什么都没看到呢？她心里很感激泰德，一次又一次地看着别在胸前大洞上的胸针。胸针有点儿生锈了，好像是买零食赠送的，但很快成了她的宝贝。这是泰德送给她的、有特殊意义的胸针。每次看到它，布鲁伤痕累累的身体都会充满不可思议的幸福感，她无论怎么看，都看不够那枚胸针。

从那以后，泰德渐渐不那么粗暴了。或者说，他好像渐渐知道了怎么控制力度。这孩子依旧不爱哭也不爱笑，拿着布偶走路时仍会有一半拖在地上，可布鲁还是感到这双小手的触感和以前相比有些微妙的不同。

泰德什么都没说，却开始像对待真正的人一样对待他的布偶。和以往相比，这简直是奇迹。他看电视的时候，会细心地把布鲁摆在旁边，让她也能看电视。温蒂嘲笑说："布偶才不会看电视呢。"

其实，布鲁已经记住了整个星期的节目表。她在凛的店里也会看电视，但和泰德一起看节目特别有意思。

布鲁感到满足与安宁。不久前，她还对泰德的一举一动充满恐惧，现在却已经不在意他沾满口水的手指了。小男孩从早到晚抱着他的布偶，时时刻刻都和布鲁在一起。布鲁之前执着地讨好的温蒂也仿佛变得很遥远。布鲁在心里虔诚地祈祷，希望这样的情况能一直持续下去。

布鲁意识到，自己是泰德拥有的唯一一样东西。除了布鲁，他现在一个玩具都没有，附近也没有能称得上朋友的孩子。唐和珍妮弗几乎从来不管他，而是更多关心他们的女儿。布鲁不禁想，要是能一直待在泰德身边，该有多好啊。

星期天，布鲁像平时一样被泰德从公园拖了回来。他好像想让布偶也开心地玩耍，便让布鲁玩滑梯，还让她荡秋千。周围带着孩子的家长都惊奇地指指点点，但布鲁就像变成了真正的人一样，在公园玩得非常开心。

泰德回到家，等待他的是气得满脸通红的温蒂。她在门口一把抓住泰德的脖子，不顾弟弟反抗，把他拽到了二楼。弟弟还小，没有反抗姐姐的力气。

温蒂来到二楼楼梯口，把浑身被橙汁浇湿的麦克斯拿到泰德面前。"泰德，这是你干的好事吧？太难以置信了！你怎么总是这样！"

温蒂眼里噙满了泪水，歇斯底里地尖叫着。布鲁听了她的话，大致明白发生了什么事。

原来，温蒂把还没喝完的果汁放在儿童房后下了楼。大约二十分钟后，她回来了，发现布偶熊麦克斯掉在地上，浑身都是果汁。可能是有人趁她离开的时候闯进屋里做的。如果是故意的，同样身为布偶的布鲁觉得这种行为充满了恶意。

温蒂断言凶手就是泰德，因为她离开儿童房的那段时间，一直和唐、珍妮弗待在一起。无论怎么想，凶手都只可能是泰德。只有布鲁知道这不是泰德干的，因为他们刚才一直在公园里玩，他不可能有时间。

"你还不承认吗？我已经知道是你干的了！我也知道你为什么要这么做。你肯定很羡慕我有麦克斯吧！可是爸爸不给你买玩具都是你自己的错，因为你弄坏了好多玩具，所以只能跟这个奇怪的布偶玩！"

温蒂用力一挥手，泰德怀里的布鲁飞到了空中。紧接着，布鲁顺着楼梯滚落下去，最后在一楼停了下来。她落地时碰巧是正面朝上，所以能看到二楼楼梯口的两个孩子。

布鲁心里十分焦急，只有她能证明泰德是无辜的，可她偏偏不能动。泰德遇到了这么大的麻烦，但只要她动了，她就会被退回去，泰德就永远见不到她了。

"温蒂，你在二楼吗？妈妈准备给麦克斯洗澡了，你快下来吧。"珍妮弗从一楼浴室走了出来，"好了，别吵了。泰德肯定也在反省，而且他还小，分不清对错呢。"

珍妮弗来到楼梯旁抬头看向二楼，温蒂抄起布偶熊，狠狠砸向泰德的脸。泰德应该不痛，但他站不稳，脚在楼梯最上面一级滑了一下，小小的身体滚了下来。

这一瞬间仿佛被拉长了，布鲁眼前的情景变得像电视中的慢动作一样。珍妮弗在她身边尖叫起来。

泰德头朝下滚了下来，从这个姿势来看，他的脑袋会狠狠撞到一楼地面。凯莉曾告诉布鲁，人类头部不能受到重击。情急之下，布鲁动了起来。

男孩摔到地上的声音响彻了卡洛斯家，紧接着是一片不断蔓延的寂静。

唐跑了过来。"怎么了？出什么事了？"

布鲁躺在泰德的脑袋和地板之间，听见二楼传来温蒂的哭声。

"泰、泰德摔下来了，从楼梯上……"珍妮弗动弹不得，和丈夫简单说明了情况。

唐马上来到躺在楼梯下面的儿子身边，试了试他的呼吸。

"没事的，孩子好像没受伤，从这么高的地方掉下来，真是个奇迹。孩子很清醒，也没有哭。我们运气真好，要是这个布偶没有垫在底下，他就会磕到脑袋了。"

泰德一言不发地站了起来。布鲁担心他是不是真的没受伤，好在他好像只是有点儿头晕。

"珍妮弗，你怎么了？吓着了？泰德没受伤哟。"唐把手搭在妻子僵硬的肩膀上。

"不对，我看见了！泰德掉下来的一瞬间，那个奇怪的布偶突然动了起来，把泰德的脑袋接住了！"

*

骑士坐在儿童房里眺望窗外，他的塑料眼睛里映出了正在缓缓离开的卡洛斯家的汽车。车上坐着一家之主唐和马上就要被扔掉的布鲁。

骑士对这样的结果感到非常遗憾。

布偶熊麦克斯引起的骚动，他都在儿童房里听到了。当珍妮弗看到动起来的布鲁时，为了听清楼下的对话，他甚至绷紧全身的布，换了个能够敏锐地接收声波的姿势。

唐十分冷静地听完了妻子关于布偶会动的证言。骑士对唐的态度感到有些疑惑，但转念一想，他可能早已有所察觉了。

唐对布鲁的判决不是退货，而是拿到离家很远的地方扔掉。骑士觉得这样已经算运气好了。要是演变成最糟糕的情况，布鲁甚至有可能被烧掉，但是珍妮弗好像特别害怕布偶的诅咒，所以布鲁才幸免于难。

载着布鲁的汽车已经驶远了，骑士开始回忆布鲁最近的情况。和以前相比，她好像开心了许多，但很可惜结局竟变成了这样。

骑士并不讨厌布鲁。虽然她的容貌和大家不一样，但骑士并不在意这一点。布鲁与众不同的形貌和缺陷经常招致王子他们的嘲笑。如果布鲁不在场，公主也会跟着一起笑。但骑士对此毫无兴趣，他对布鲁怀有同情，但不会主动和她说话。既然大家都在嘲弄她，为了合群，自己当然也要配合大家。骑士对布鲁的怜悯，只体现在他从那张蓝色的脸上移开的目光中。

最近这段时间，布鲁好像终于得到了幸福，骑士也放心了一些。王子、公主和白马好像不太高兴，但骑士却感觉压在心头的一块石头终于放了下来。

"唉，她走了，我真是长出了一口气。"公主站在骑士身边说，"每次看到她，我就气得不行，前段时间她模仿我的时候，我真是浑身发冷。我根本没想到她会那样理解我的提议，早知道就直接跟她说'你没有希望'了。"

"她被单独送走绝对是好事。我一开始还以为我们绝对要被连累了呢。"王子反复说着"绝对"这个词。

白马突然低声道："不过，那家伙应该不会回来了吧？万一回来了，我们该怎么办？"

"要是她回来了，事情可就真的闹大了。再也不能让人类发现布偶会动这件事了。为了防止她回来，我们得做点儿什么才行。"

"可布鲁是为了救一个无辜的孩子才动的，难道这不值得夸奖吗？"骑士对其他三个布偶说。他知道泰德是无辜的，因为王子他们把布偶熊麦克斯弄脏时，他就站在旁边，但没有制止他们。

"你说什么呢？夸奖那种丑陋的失败之作的话，她就会得意忘形了。"公主纠正道。

骑士不喜欢公主。就是她嫉妒温蒂最喜欢的麦克斯，想出了弄脏布偶熊、嫁祸给泰德的主意。公主看到其他东西比自己得宠，就会想尽办法弄脏它或让它被丢掉，以此获得优越感。另外，她还经常把骑士当成真正的仆从使唤。

而骑士为了不引起风波，每次都会听从。

骑士开始反省自己过去的行为。他觉得应该对布鲁好一些，又想起了昨天晚上布鲁的样子。

布鲁坐在楼梯上，满足地看着胸前的胸针。骑士感到很不可思议，那枚胸针又不好看，她为什么如此珍惜呢？

尽管如此，她还是经常去摸那枚胸针，确认它还在，才会放松下来。骑士无法理解，上次莉莎给他做的剑丢了，他没有什么感觉。看来那枚胸针对布鲁的意义，要远远重于那把剑对他的意义啊。

几天前的夜里，布鲁在垃圾桶里找到了骑士的剑，还帮他拿了回来。"给，一定是珍妮弗不小心扔掉了。能找回来真是太好了。"

骑士一点儿都不高兴。看布鲁那副脏兮兮的样子，他一下就猜到她为了这把纸做的剑跑遍了整座房子，最后还钻进垃圾桶里去了。骑士好一会儿都没伸手去接布鲁递过来的剑。

"怎么啦？你高兴得动不了了？这可是莉莎专门给你做的，你可别再弄丢了，因为它证明有个人心里在想着你啊。"

把剑扔进垃圾桶的也是公主。骑士心里知道，但没告诉布鲁。他不禁想，自己虽然身为骑士，但或许弄错了追随的人啊。

*

唐的汽车的声音离得足够远后，布鲁从垃圾箱里爬了出来。周围很暗，不时有开着灯的汽车从路上驶过，人行道边上是一串熄了灯的店铺招牌。

布鲁坐在垃圾箱边缘，烦恼着自己的处境。她已经快和泰德成为好朋友了，如今却被迫分离，她大受打击。

不过她也很庆幸，因为只有她被扔掉了。是她不顾凛的提醒，在人类面前动了起来。一想到王子他们本来也有可能一块儿被扔掉，她就觉得这样的结局已经很好了。

她不后悔在珍妮弗面前动了起来。她没让泰德受伤，这也算是对卡洛斯一家做的唯一一件好事了。

布鲁小心地避开人类的目光，绕着地上的水洼向前走。她想找到公交车站，坐车到凛的古董店去。虽然身上没钱，但只要不被发现，她就不必付钱。

由于身上被狗咬了一个大洞，她走路的姿势更难看了。尽管胸针堵住了那个洞，她活动的方式和以前相比还是有了微妙的不同。另外，相比被狗咬之前，布鲁发出的、只有布偶能听见的声音也难听了许多。

布鲁认真看了看自己的身体。脚上的布磨破了，还沾了一身的污渍，也难怪她会被扔掉。她突然想到了泰德。珍妮弗还会给他买新玩具吗？希望会买吧。泰德还小，但收到母亲送的新玩具一定会很高兴吧。布鲁拖着破破烂烂的身体走在阴暗的路上，想象着泰德可爱的模样。如果得到的不是像她这样脏兮兮的布偶，而是崭新的玩具，泰德一定会很高兴吧。

一阵痛苦袭来，布鲁感到难以呼吸。虽然布偶本应不会呼吸，可她的确有了这种感觉。她意识到，这来自胸口的痛苦就是名为悲伤的情感。她以前也感到过悲伤，但是这次完全不同。

这种痛苦究竟是怎么回事？她是用棉花和布做成的，痛苦究竟来自哪里？这阵令她几乎站不稳的心痛，甚至让她有点儿感动。王子和公主是否意识到了世界上存在这样的情感呢？

在公交车站发现通往卡洛斯家的线路时，布鲁突然明白了。刚才那种悲伤，原来来自胸前的胸针。

5

事情发生在早饭后。

唐把打火机落在了公司，问珍妮弗火柴放在哪里，准备用来点烟。珍妮弗长了黑眼圈，正趴在厨房的桌子上，唐叫了她两声才有反应。自从三天前儿子从楼梯上摔下来，她因为害怕那个布偶，每晚都会做噩梦。

"我去你说的地方找了，火柴不在那里啊。"

"怎么可能？你好好找找，真的在那里。你是不是又觉得我在说谎？上次那个布偶的事，你好像也不相信我。"珍妮弗又把当时看到的情形说了一遍。那个布偶就像突然活过来一样，在她面前动了起来，真是太可怕了。从那天起，珍妮弗像就鹦鹉一般不断重复着这个话题。

"我又没说不相信那件事，只是没在意而已。再说了，因为你这么害怕那个布偶，我几天前就专门开车到很远的地方把它扔掉了，你就别再提起它了吧。那东西现在肯定已经在某个垃圾处理厂被烧成灰了。而且老实说，我觉得那个布偶会动，肯定是里面藏了发条或马达。"

"一点儿都不像上了发条，反倒更像人的动作啊！难道我当时太累了，在做白日梦？"

唐耸了耸肩。"明天我们一家人出去逛街，换换心情吧。我也想给泰德买个新玩具。自从我把那个布偶扔掉，那孩子就一直挺寂寞的。"

唐想起儿子在家中四处寻找布偶的样子，感到无法理解。那个布偶究竟哪里好了？

"你真的把它扔掉了？带到离家很远的地方，扔进垃圾箱了？你确定它真的在垃圾箱里了？"珍妮弗一脸不安地问。

这些问题她已经重复几十遍了。唐昨天一整天都在回答这些问题，早就掌握了让她平静下来的方法。显然，妻子现在还很怕那个布偶。

不过，唐倒不觉得那个布偶有多坏。虽然丑陋的外形令人不快，可根据妻子的话，布偶似乎是为了救泰德才动起来的。

唐打消了抽烟的念头，坐在正在看电视的儿子身边，抖着腿拿起报纸，准备看一看。望着抱着膝、凝视着电视的泰德，唐心中涌出一种复杂的情绪。这些日子以来，那个布偶一直都在儿子身边，现在布偶被他扔了，他总感觉是自己害儿子变得孤身一人。

泰德突然站起来，跑到了窗边。

"怎么了？"

儿子还不会说话，歪着头指着窗外。

"那里有什么？你该不会想说那个布偶刚才走了过去吧？"

泰德点了点头。唐一边思索儿子是什么意思，一边打开窗四下张望。什么都没有。

"难道那个蓝色的布偶刚才正趴在窗边，偷偷朝家里看？"

看儿子又点了点头，唐心里开始后悔了。之前如果多读点儿儿童心理分析的书，现在就不会感到莫名其妙了。再这么下去，说不定以后泰德每次见到蓝色的东西，都会觉得是那个布偶了。

正在院子里打理自家菜园的珍妮弗看到一脸烦恼的唐，隔着窗户问他怎么了。

"没什么。"

就在唐说完这句话的一小时后，珍妮弗尖叫着跑进了客厅。

唐被妻子拽到种着番茄的院子一角，很快明白她为什么尖叫了。在一颗成熟的番茄下面，躺着不应该出现的、脏兮兮的蓝色布偶。

唐把吓晕的妻子抱到床上，捡起那个布偶，藏到了走廊的杂物间深处。他不打算把这件事告诉泰德，还得想好一套说辞，让妻子醒来后相信自己只是做了个梦。

他翻遍了电话簿，没能找到卖布偶的古董店的电话号码。他猜想，那个女店主应该是把装着小型人工智能的新型诅咒人偶免费送给客人，想借此进行商品调研吧。如果是这样，作为诅咒人偶，布偶的功能还算不错。

*

从杂物间缝隙照进来的光让布鲁意识到天亮了。昨天她被关在这里，到现在已经过去了二十四个小时。一开始房子里还有吵闹声，但没过多久，所有人就出门了，现在四处寂静无声。她很不安，担心自己是不是被遗忘在杂物间了。她试着开了几次门，可是仅凭一个布偶的力量根本无法打开。今后她该怎么办呢？她没有想到自己真的能回到卡洛斯家。

"喂——布鲁！你在哪里？你藏在家里的什么地方吗？"

"布鲁，你在哪里？"

远处传来白马和公主的声音。布鲁刚开始甚至不敢相信真的是他们，直到声音再次传来，她才告诉他们自己在杂物间里。

"布鲁，原来你在这儿啊。我就觉得你一定在家里。"王子隔着杂物间的门说。

布鲁看不到外面，不过其他四个布偶好像都闻声聚集到了门口。大家齐心协力，好不容易把杂物间的门开了一条缝，把她放了出来。

"你们怎么知道我在家里啊？"

"你没事真是太好了，我们都快担心死了。昨天我听见楼下一阵喧闹，果然是因为你啊。我当时就想到是不是你回来了。"公主温柔地摸了摸布鲁的头。

"其实我不打算回来，但很想看看泰德怎么样了。我一直躲在远处看他，没想到会被发现，真的。"

"嗯，我明白。"

"我让珍妮弗看见我动了，你们生气吗？我又回到了这里，你们一定很生气吧？"

"布鲁，我们怎么会生气呢……"

"昨天我差点儿被泰德发现，只能拼命躲起来。我躲在番茄底下了，可是珍妮弗碰巧走了过来。我不是故意的。

弄脏布偶熊麦克斯的也不是泰德，我一直和他在一起，所以知道凶手不是他。"

"布鲁，我知道了。"公主说完，带着怜悯的表情把布鲁抱入怀中。布鲁感到这些天来的不安和痛苦都消失了，身体里的棉花仿佛都舒展开了，内心平静下来。

"走吧，布鲁，我们到儿童房去。"

王子的话让布鲁怀疑自己耳朵是不是出了问题。"你愿意让我进房间吗？"

"当然了，我们可是伙伴啊。"

白马用鼻子在背后推着布鲁，催促她朝楼梯方向走去。布鲁哽咽了，好长时间都没有说话。

"可是，大家今天这样活动真的可以吗？现在可是白天呀，温蒂他们在哪里？"布鲁边问边爬楼梯。

王子回答道："大家都去逛街了，绝对没问题。你的身体好潮湿啊，儿童房采光好，绝对适合晾干身体。家里没人时，我们都会去晒太阳。"

儿童房充满了温暖的光线，布鲁沉浸在这种氛围中，几乎要晕过去了。她一时难以相信自己从街上冰冷的垃圾箱里爬出来后，竟然来到了这样的地方。儿童房里的灰尘在阳光下闪闪发光。温蒂喜爱的布偶们，包括布偶熊麦克斯，依旧堆满了儿童房。布鲁想起自己曾经很想成为其中一员，惊觉愿望已经实现了。她感到无比幸福，同时也有点儿害怕。

布偶们在散落着书和杂物的地上忙碌地走来走去。他们用带轮子的儿童椅和装零食的盒子，很快搭好了爬上飘窗用的楼梯。只有骑士还是像刚才那样一言不发。

"飘窗那里的阳光最好了。"公主说完，动作娴熟地爬上盒子和椅子搭成的楼梯，站到放在飘窗上的花盆边。

晒太阳像是个好主意。这几天劳碌奔波，布鲁指尖的棉花都潮乎乎的，她真想让水都蒸发掉。

"布鲁，你是不是很累了？不如别爬楼梯了，我用绳子把你拉上来，你先站着别动。"

"啊？没关系，我可以自己来。"布鲁有点儿害羞地对关心她的公主说。

可是，王子和白马已经不知从什么地方拿来了毛线，系在布鲁身上。骑士看着他们，向公主走去。

"不需要用这么多毛线吧？我动不了了。"

"你别这么说，万一你中途掉下去了，岂不会很痛？"

"我是布偶，感觉不到痛啊。"

白马没搭理布鲁，一个劲儿地用毛线捆住她。布鲁动弹不得，被骑士和公主拉到了阳光充足的飘窗旁。

暖和的风从敞开的窗户吹进来，这个地方的确很舒适。阳光温暖了冰凉的蓝色面料，布鲁体内的棉花都沉浸在幸福中。虽然谁都没有帮她解开缠在身上的毛线，但布鲁不怎么在意。

五个布偶在一起晒了一会儿太阳。凯莉曾告诉他们，这样能够杀死身上的细菌，间接保护孩子。

"哎，我们为什么要到飘窗这里晒太阳啊？儿童房另一头也有干燥身体的地方呀。"布鲁问王子。

"因为这里更好啊，烧完东西留下的灰烬顺手就能扔到窗外了。"

"烧完东西留下的灰烬？你们要在这里烧什么？"

"我们要烧垃圾。要是把灰留在屋子里就糟了。"

"布偶不能随便用火啊。对了，能不能帮我解开毛线？都要在身体上留下痕迹了。"布鲁对骑士说，可他只是耸了耸肩。

"你现在感到幸福吗？"

听了公主的问题，布鲁点了点头。"我觉得身体暖融融的，可舒服了。我真的可以待在这里吗？珍妮弗他们回来之前，我得回到杂物间吧？对了，我现在特别想见泰德。"

"如果你不愿意，就不用回杂物间了。"

"真的吗？我可喜欢公主了，因为你特别温柔。我一直都想，要是有个像公主一样的姐姐该有多好啊——就是电视剧里的，人类家庭中的真正的姐姐。我能叫你姐姐吗？"

"唉，布鲁……"公主遗憾地说，"你可千万别这么叫我。"

布鲁一时没能理解公主在说什么。

"布鲁，也难怪你会吃惊。不过，你听好了——我最讨厌你了，看到你就想吐。"公主掩住嘴巴，做了个呕吐的动作。

"你在说什么呢？你明明对我那么好。"布鲁好不容易才挤出了一句话。

"因为有你在旁边陪衬，我才显得更可爱呀。"

公主命令骑士从窗帘后拿出了火柴。布鲁心里产生了不祥的预感，拼命挣脱毛线的束缚，但没有成功。

"布鲁啊，我们准备用火柴烧垃圾了。"白马按住不断挣扎的布鲁，在她耳边说。

"什么垃圾？"

王子耐心地解答道："儿童房里除了你，还有其他垃圾吗？"

"不要，快放开我！你们为什么要做这种事？我好害怕，救救我！"

布鲁吓得缩成一团。看着布鲁的反应，白马似乎很享受，笑着绕着布鲁转圈。布鲁心中的幸福感早已消失得无影无踪。

"公主你一直讨厌我吗？真的吗？你一定是在骗我吧！"

"你觉得我在骗人吗？我最讨厌泰德那孩子了，因为他好脏。他那时滚下楼梯，怎么不干脆死掉呢？我也很讨厌那只熊，讨厌其他所有玩偶。温蒂明明是我的！"

"用果汁弄脏麦克斯的是你吗？"

"那是个杰作，对不对？"

听到公主的笑声，布鲁从被制造出来后，第一次感受到了一种强烈的恐惧。她意识到公主是真的要点火烧了她。

"救救我！快把毛线松开呀！"她向骑士求助。

"各位，这样就够了吧。我们费力把她烧了再处理掉，没有这个必要吧！"

"不行，必须要烧了她。"

听到公主简短的回答，骑士耸了耸肩。"你也听到了，真是遗憾。"

公主与骑士一起用力，想点燃火柴，然而布偶的手并不适合划火柴。公主压着火柴盒，骑士则拿着火柴，挥动修长的双臂，巧妙地擦着了火。布鲁第一次如此近距离地看到火焰，被火的威势压得无法动弹。

王子和白马在身后按着她，防止她逃跑，公主也扔下火柴盒加入了他们。

骑士像举着火把一样，双手拿着火柴朝布鲁靠了过来，看上去俨然死神。布鲁实在太害怕了，无法从骑士和火焰上移开视线。

骑士将火焰靠向布鲁，然后说："大家可能不相信，我真的感到很遗憾。我们五个一直生活在一起，现在却再也不能回到从前了。"

布鲁意识到她已经逃不掉了，无力地垂下头。她知道，她再也见不到泰德了。

"我还以为我们能一直快快乐乐地生活下去，可惜，公主殿下啊，我无法继续跟随你了。"

骑士下定决心，行动起来。布鲁以为自己终于迎来了那一刻，可是火焰从她的鼻尖擦过——虽然她并没有鼻子，烧到了公主黄色的头发。

公主慌了神，从飘窗掉落到地上，尖叫着甩动头发，很快火就灭了。与此同时，骑士又点燃了王子和白马。两个布偶滚下飘窗，拼命扑灭身上的火焰。

王子身上的火很快就灭了，白马却迟迟没能把火扑灭，还撅着燃烧着的屁股满屋子乱跑，把地上的书也点着了。

布鲁怔怔地看着那三个布偶。骑士熄灭火柴，从窗帘后面拿出了一把小刀，把布鲁身上的毛线割断了。

"你救了我？"

"我不知道。"骑士这么回答了一句，就不再开口了。

书上的火又点着了床单。白马屁股上的火已经灭了，只留下一块烧焦的痕迹。周围的火越烧越旺，失去了控制。火苗转眼变成了火柱，布偶们没法灭火了。

"我们得灭火！大家快去灭火，否则温蒂的房间会被烧毁的！"

"布鲁，没用的。"骑士摇了摇头。

"可是温蒂最珍爱的玩偶都在这里啊！要是都烧没了，她会很伤心的！"

"其他布偶被烧掉，绝对是好事啊，我们是可以逃走的！你们就待在这里吧！"王子说完就跑出了房间，公主和白马也紧随其后。

"我们也快跑吧，不然干燥的身体会被烧成黑炭的。"

骑士催促道。

　　布鲁舍不得儿童房里的布偶。如果祖母送的布偶熊麦克斯被烧掉，温蒂一定会很失落。她可是把每一个布偶都当成了宝贝啊。

　　骑士先跳出窗外，落到一楼突出来的屋檐上。因为高度差太大，他下去后就爬不回来了。于是，他急切地催促从窗户探出头的布鲁，叫她赶紧跳到屋檐上。"布鲁，快来呀，别管温蒂那些布偶了！"

　　"为什么？"

　　"温蒂不像你想的那样爱惜布偶！如果烧没了，她肯定会觉得可惜，但她一定会让父母再买新的回来的！"骑士焦急地说。

　　布鲁回头看了一眼儿童房。才过了一小会儿，火焰就长成了不断翻腾的巨大生物。她恐怕会在碰到火焰的瞬间化为灰烬。阵阵黑烟从她所在的窗户涌出来，她感到了对于布偶的身体来说难以承受的热气。

　　可是，布鲁迟迟没有跳窗逃跑。"我不想看见孩子的眼泪，因为就在不久前，我知道了什么是真正的悲伤。你知道吗，和重要的人分开，其实非常痛苦。我要救出温蒂的布偶再逃走。这里的布偶都比我昂贵得多。就算我被烧毁，温蒂也不会哭泣，可是麦克斯被烧了，她一定会哭得很伤心。你先跑吧！"

"布鲁，你这个笨蛋，为什么要这么做？大家很快就要回来了，你不想见泰德吗？看到你在这里，他一定会很高兴。"

"谢谢你，刚才你救了我，我真的很高兴。不过，已经够了。不知道为什么，我现在感到非常幸福。"

布鲁摸了摸胸前的胸针，想起她在卡洛斯家经历的种种。明明有那么多痛苦的事，可她心中却没有愤怒和憎恨。不知道为什么，布鲁开着大洞的破烂身体已经没有了对火焰的恐惧，深深的幸福感如泉水般源源不断地涌了出来。

骑士站在屋檐上，虽然他双臂修长，但还是抓不住为了救其他布偶而重回火海的布鲁。

*

由于珍妮弗一直很不舒服，卡洛斯一家早早结束了购物。回到家中时，火已经被扑灭了，围观的人也已经散尽了。唐在家门口听消防员说明了情况，因为火警报得及时，只有儿童房被烧了。

珍妮弗拿着买来的东西，听完消防员的话，双手一松，东西落了一地，她也跌坐到了草坪上。

"唐，我们忘了买镇静剂……"她紧紧搂着儿子，抬头久久凝视二楼焦黑的窗户。

听说儿童房失火，最受打击的人是温蒂。唐想到女儿的布偶全都放在儿童房，不禁有些同情她。

"对了，你们家一共是四口人，对吧？你们是不是还有一个孩子？"消防员沉着脸问唐。

"很遗憾，我们没有偷偷藏起来的私生子。"

"真是太不可思议了……"

最先跑进房子里的温蒂突然尖叫起来。听到温蒂的声音，唐跑过去一看，发现女儿的布偶全都堆放在厨房的桌子上，并没有被烧掉。

"爸爸，快看！麦克斯平安无事！"

"原来你们把这些也抢救出来了啊。"唐向消防员道谢。

消防员却一脸不解："不，这些不是我们从火场抢救出来的，是当时在家的某个人做的。听目击者说，有人把这些布偶从冒烟的窗户里扔了出去。"

"是谁？"

"不知道……当时烟雾太浓，看不到里面的人。我们得知里面有人，赶紧冲了进去，结果一个人也没发现。总之，火很快被扑灭了，没有多少损失，真是太好了。"

消防员说完走了出去。唐对着一堆布偶，不断猜测究竟是谁把它们扔了出来。他想找到那个人，向他道谢，可无论怎么想都没有头绪。

温蒂仔细检查桌上的小兔子和小老鼠布偶，看它们有没有被烧坏。不一会儿，她"啊"的一声叫了出来。

"爸爸，这些有点儿烧焦了，我不要了。"女儿一脸失望地递给唐三个布偶，是唐上次送给她的生日礼物。

"可它们只是稍微变黑了一点儿啊。"

"那我也不要了！"

唐抱着女儿塞过来的王子、公主和白马布偶，一时不知如何是好。只有骑士布偶没有受损，所以温蒂留下了它。这让唐多少感到一丝欣慰。

外面传来敲门声，是刚才那个消防员。"我有个东西忘了交给你，所以回来了。"

他拿出了那个蓝色布偶。这个布偶还是很丑陋，浑身都是洞，胸前还别着一枚廉价的胸针，身体几乎一半都被烧黑了。消防员说，它不知为什么掉到了屋檐上。

"我不知道该不该自作主张把它扔了……"

"其实你把它扔了也无所谓，不过还是谢谢你。"唐一手抓着布偶走到门外，送消防员离开。老实说，他也不想让这个布偶一直待在家里，觉得应该尽快扔掉。

消防员的车驶过林荫道，很快不见了。

唐正要转身进屋，却发现泰德不知什么时候来到了他的身边。泰德指着刚才消防员交给唐的布偶，眼睛都哭红了。唐把布偶递给儿子，泰德像对待宠物一样，小心翼翼地伸出手接了过去。

也许是错觉吧。布偶短短的手微微动了一下，仿佛想安抚随时都要哭出来的泰德。

啪嗒，啪嗒，布偶接缝处的线一根根断开，好像已经精疲力竭了。很快，布偶在泰德的小手里变得支离破碎。一阵风吹来，蓝色的面料、毛线和棉花都被吹散了，坠落在地上。

泰德手中只剩下那枚胸针，还有残留在胸针上的蓝色碎布。

平面犬

1

我在胳膊上养了条狗。

这条狗长三厘米左右，毛是蓝色的，名叫百奇，是条公狗。它虽然不英俊，但长着一张惹人怜爱的面孔，嘴里还叼着一朵白花。

百奇不是真正的狗，而是一幅绘制在皮肤上的小小的画。

我与百奇相遇，是好友山田搭的桥。她聪明漂亮，担任班级委员，不过和我一样没什么朋友。我认为，她朋友少的原因在于她背上的樱花刺青，但她似乎没有意识到这一点。那天午休时，她又在懒洋洋地翻阅一本叫"月刊TATTOO"的杂志。

我们并肩坐在教学楼后寂静幽暗的一角。水泥的寒意透过裙子传来，连腰部都感到阵阵冰凉。远处有一群女孩正在明媚的阳光下打排球，时不时能听到她们的叫喊声。

我并不讨厌这种阴沉沉的感觉。

"我打算高中毕业了就去学习手艺，为继承家业做准备。"山田低声说道。她的语气很平淡，我差点儿没听到。

明年我们就升高三了，我还没考虑过将来的事。

我目不转睛地看着她，但她还是盯着膝上的那本奇怪的杂志，连头都不抬一下，只是嘴角挂着淡淡的笑意。"你要去学刺青吗？"

山田点了点头。"最近女刺青师越来越多了，爸爸那里也来了一个女学徒。啊，对了……"她合上杂志，看了看坐在一旁把手放在额头上的我，"铃木你好像还没去过我家的店吧。今天放学后要不要去店里玩一玩？啊，你怎么了？脸色好苍白啊。"

"没什么。只是你突然说起这么重大的事，让我有点儿想吐。"

"想吐？吐什么？刚才吃的炒面面包？"

山田的父亲是一名刺青师，主要做日本画的刺青，把龙和锦鲤的图样绘在客人背上。

山田家看起来很像理发店，干净整洁，让我有些意外。

"我还以为你家会挂着大书法家用潦草奔放的字写的招牌呢。"店门前是金色的"TATTOO"字样，颇有品味。"看起来也不算放荡不羁啊。"

山田看着我，抱着胳膊叹了口气。"我们的客人不都是那种人啦。毕竟我们专攻日本画，所以这个行业的人也会来。也有很多年轻人来刺青哟。"

"他们真的都在身上刺观世音吗？"

"不是啦，图案有各种各样的。客人可以从图册里挑选想要的图案，还有人自己设计好了带过来呢。"

打开玻璃门走进店内，迎面就是等候室。等候室里摆着巨大的观叶植物，还有简约的黑色沙发。墙壁是白色的，看起来很干净，就像牙医的候诊室。

山田让我在等候室坐下，然后走进店里。我从旁边的架子上取下一本书，但与我预想的不同，那不是一本杂志。书上有很多刺青的照片和插图，看来是刺青图册。有火焰、星星、爱心，图案多种多样。

一个影子落在图册上。我抬起头，一个高大的陌生女人正低头看着我。我与她目光相遇，她笑着点了点头。

"你好。"她的日语不太标准。原来是个外国人。

山田站在她的身旁，说："她现在我们店里学习刺青，是中国人。”

我一时慌了神，不仅是因为这是我第一次和外国人打交道，也是因为她看起来很美。她身穿黑色西装，戴着有色的眼镜，耳朵上还挂着许多金色的耳环。

这个中国人竖起食指和中指，对我说："请多关照哟。"

就在这一刻，我彻底成了她的"粉丝"。我紧张地作了自我介绍，心中暗想，如果我是个男人，一定会把她弄晕带回家。

"其实她很快就要离开日本了。"

我大失所望。"要回中国吗？"

她摇了摇头。她说她要到美国去研究激光技术。我听不太明白，只大致弄懂了消除刺青需要用激光，可这项技术在日本还不太发达。

"今天我是来跟师父道别的。"中国人用结结巴巴的日语解释道。

"她的刺青技术棒极了。对了，铃木，机会难得，你就请她帮你刺一个吧。"

如果是平时，我肯定会拒绝山田的这一提议。但十五分钟后，我就在店里挽起了左边的袖子。没办法，我已经迷上这个中国人了。

店里摆放着床和椅子，就像医院的诊室一样。想在背上刺青的客人，都会趴在这张床上吧。

我打算在左胳膊的上部刺青，按照吩咐坐到了椅子上。

"很多人第一次刺青都会选择这个部位呢。"山田坐在床上晃着腿说。

"我身上没带钱，没关系吗？"

"没事，她今天好像也不打算收你的钱。"

我看了看中国大姐姐，她正在给闪着银光、看起来像是针之类的器具消毒，愉快地点了点头。本来做一次刺青好像要花五千到一万日元呢。

房间被荧光灯照得雪白，看不见一丝灰尘，看来是间无菌室。窗边摆着一个插着白花的花瓶，百叶窗只开了一半，墙上挂着鸽子报时钟。

椅子旁边有个垃圾桶。我朝里一看，里面有些沾血的纸团。我突然不安起来。"刺青疼不疼？"

山田不怀好意地眯起眼睛回答道："很疼哟。"

"真的？"

"其实每个人感觉不一样啦。有的人觉得很疼，有的人中途能睡着。看你这么紧张，我就姑且说句毫无根据的话来安慰你吧——铃木你应该没问题的。"

中国大姐姐坐到一旁的椅子上，开始为我刺青。

我为了让心情平静下来，长长地吐出一口气。

进屋前，我就定好了要刺什么。我只对中国大姐姐说了句"帮我刺条狗吧"，她也只回了一句"OK"，就翻开一本画册递了过来。画册里有很多小狗的图案，我独自在等候室挑了一会儿。

我哗哗地翻着画册，忽然对其中一页产生了命中注定的邂逅般的感觉。那一页画着的小狗萦绕在我脑中，久久没有消散。我不禁想，如果这条小狗可以成为我的幸运符，一辈子在胳膊上陪着我，那该多好啊。就在那个瞬间，我选定了刺青的图案。我记下它的页码，告诉了中国大姐姐。她竖起大拇指对我说："交给我吧。"

首先，要把图案临摹在想刺青的部位。可以直接手绘，但中国大姐姐决定使用描图纸。她用一种特殊的复写纸把图案描在描图纸上，再在我的左胳膊上方涂上药水，把纸贴上去。这样一来，图案就转移到我的皮肤上了。

山田这样解释着，我没怎么听进去。每当中国大姐姐的漂亮脸蛋靠近我时，都会飘来一股好闻的气味。我根本没有心思听别人说话。事实上，我连描上去的图案都没看一眼。

接下来要用机器描线了。中国大姐姐拿出一件由三根针组成的器具，在我的皮肤上描绘起来。胆小的我闭上眼睛，把脸转过去。不过，似乎并没有那么疼，感觉像用镊子拔毛似的，一秒内连续疼好几次。

我稍微放下心来，看了看胳膊上狗的图案。

鸽子报时钟响了，声音听起来有点儿傻气。

"铃木，你要不要看书？只用右手也能看书吧。"山田体贴地问道。

"嗯，我想再看看刚才那本画册，就是有小狗的那一本。"

中国大姐姐又拿出了另一件器具。这件器具也装着一排针，比刚才那件还多了两三根。她似乎要用这个来描绘阴影。

我翻着画册，擦了擦额头上渗出的汗水。

"疼吗？"

"嗯，有一点儿。"其实不怎么疼，但我还是这样回答道。

接下来，中国大姐姐又用一件安着一束针的器具来上色。针的数量已经增加到十四根左右了。

将近一小时后，刺青完成了。

"现在颜色有点儿奇怪，不过几天后就会变得很漂亮哟。"

我看了看左臂上的蓝色小狗，向中国大姐姐道了谢。

她看着自己的作品，满意地点了点头。十分钟后，她就离开了这里，去收拾前往美国的行李了。我感到十分不舍，早知道就和她合影留念了。

　　"她的技术真不错，这么小的狗都能画得这么可爱。"

　　"我已经想好了，给小狗起名'百奇'。"

　　百奇面朝前方端坐在我的左臂上，有疑问似的歪着脑袋，嘴里还叼着一朵白花。百奇长得很小巧。

　　"对了，我一直没能说出口……山田，那个大姐姐是不是常常听错别人说的话？"

　　"嗯，时不时会这样。不过，她只学了一年日语就能说这么多，已经很厉害了。你为什么会这么问？"

　　我把小狗的画册递给山田看。我翻到的那一页上画着一条凶恶的狗。它仿佛随时都要把人吃掉，嘴里淌着唾液，看起来栩栩如生。

　　山田皱起了眉头。"这个图案好可怕啊。"

　　"我对大姐姐说的，其实是这一页啊……"

　　我与百奇就是这样不期而遇的。接下来几天，我不得不忍受严重的瘙痒。刺青的部位奇痒无比，但山田告诉我千万不能去挠。

三天后，皮肤渐渐不再发痒，百奇的蓝色也愈加鲜艳起来。我感觉胳膊上的刺青渐渐和我融为一体，心情很畅快。虽然这个图案不是我挑的，但也不错。我时常看着胳膊上的小狗，情不自禁地笑出来。

　　"你最近是不是买了什么特别喜欢的东西？"美佐江放下冰咖啡，这样问道。

　　我们在咖啡厅里，面对面坐在桌前闲聊。店里流淌着轻柔的音乐，冷气开得很足。窗外阳光刺眼，许多身穿西装的上班族来来往往。

　　"为什么这么问？"

　　"因为你一直在哼奇怪的歌啊，就是那首听起来好像坏掉的录音机放出来的歌。每次你哼那首歌，一般都是因为得到了喜欢的东西。所以我想，你是不是买了新手表什么的。"

　　我跟美佐江相处已久，好像什么都瞒不了她。"嗯，是有样东西给了我那种感觉。"

　　我隔着校服摸了摸小狗刺青。它刚好被袖子遮住了，没有露出来。

　　美佐江没有追问下去，把目光转向了杯子里的冰块。

　　那天，我在街上碰巧遇到了美佐江。当时我正从学校往家走，她没看到我，正要径直走过去。我叫了她一声，她回过头来，一看到我就暧昧地笑了，露出难以形容的复杂表情。

她看起来很疲惫。我一问，才知道她刚刚去医院询问丈夫的诊断结果了。我之前并不知道她丈夫生病了这件事。

美佐江盯着杯子里的黑色液体，一动不动，好像连近在咫尺的我都看不见了。

我从沉重的气氛推测，诊断结果应该不太乐观。

"你没事吧？"

听到我唤她，她猛地抬起头，挤出笑容说："这家店的冷气开得有点儿大呢。"

我点点头，摸了摸胳膊，发现早已起了鸡皮疙瘩。想到疙瘩下面住着一条狗，我感到不可思议。

"对了，狗……"

美佐江突然说出"狗"这个词，我吓了一跳，还以为她会读心术。

"我有时候会闻到狗的臭味，不知道是不是邻居家在偷偷养狗。我们的公寓是禁止养宠物的啊。"她深吸一口气，"你说，这家店是不是也有狗的臭味？"

我做了个深呼吸，没闻到什么气味。"没有啊，是你的错觉吧？"

走出咖啡厅，方才被我们抛在脑后的热浪袭来，使我出了一身汗。刺青的地方会不会出汗呢？这个疑问一闪而过。

美佐江把我点的巧克力冰激凌、苹果派和奶茶都一起结了。我在店门口百无聊赖地等她结账出来。店门旁种着植物，叶子青翠欲滴。我坐在那儿，故意吊儿郎当地伸着双腿。美佐江果然生气地训了我一句："注意点儿！"

"医生告诉我：'你丈夫患的是癌症。'是胃癌，只能活半年了。"美佐江靠在电车扶手上，望着窗外不断后退的风景。

那天，我们全家难得地聚在一起吃晚饭。我害怕这种一家团聚的场面，很少和家人一块儿吃饭。我在饭桌前定定地望着我的父亲茂雄。我和他关系不太好。不管女儿干什么，他好像都很不满，所以我最近已经不怎么和他说话了。

父亲本来就是个沉默的男人，从没有开口大笑过，也从不会哄人高兴。他并不算事业有成，头发却快掉光了，我不明白这是为什么。我对他几乎一无所知。

他喝着啤酒，慢慢地吃着饭。过了一会儿饭吃完了，他揉着肚子说："最近我的胃溃疡好像变严重了……"

美佐江还没把真相告诉他。

2

一周以后，刺青小狗已经完全与我融为一体了。

每次看着胳膊，我都会感到心情好一些，有时还会对着镜子摆摆造型。百奇似乎已经不仅仅是刺青了。我无法用语言表达清楚，但我经常有种神奇的感觉，自己好像在胳膊上养了一条真正的小狗。

不过，我还没把刺青的事告诉父亲茂雄和母亲美佐江，也没告诉弟弟。或许，我没有义务告诉他们。我觉得，父亲如果知道了这件事，一定会生气的。

一天早上，我被狗叫声惊醒了。真是的，一大早的，也不知是哪来的野狗。我这么想着揉了揉眼睛，看了一眼闹钟，还有三分钟就该响了。再睡一觉好像没什么意义，但我还是又睡了过去。

"今天早上好像有狗叫啊。"早饭吃的是米饭和味噌汤。我提起狗的话题，当作是添了道菜。

"公寓里果然有人养狗了。"美佐江说道。我本以为是条野狗，不过据她说，狗叫声好像就是从附近传来的。

那天美佐江身体不舒服，声音时不时变得沙哑，听起来像是陌生人在说话。她一定是为丈夫得了重病而忧心忡忡吧。

"吃东西的时候总感觉卡在喉咙里，是不是感冒了呢？"

"你要润喉糖吗？"弟弟薰问道。

"美佐江，去医院看看吧。"父亲茂雄说，"就算只是感冒，也有可能危及生命。你可得当心点儿。要是这个年纪扔下孩子死了，那可怎么得了？"

"嗯……"美佐江露出十分复杂的表情，含糊地应了一声。

去学校的途中，我在电车上发现小狗的样子有点儿奇怪。

最近我坐电车时，总会盯着左胳膊上的百奇。得到喜欢的东西后，最初的一两个星期我总是这样。过了那段时间，就会觉得它的存在也是理所当然的，对它的依恋也日益加深。不过，我还是很喜欢这段光是看看就会感到无比幸福的时光，因此总是尽可能地想多看一会儿。

那天早上的百奇有点儿奇怪。

蓝色，面朝正前方端坐，有疑问般微微歪着脑袋，嘴里叼着白花……乍一看，百奇和中国大姐姐刚刚刺上去时没什么两样。

在拥挤的电车里，我把脸凑近自己的左胳膊，低声喊了出来。我想，周围的人肯定都用奇怪的目光看着我这个奇怪的女高中生吧。

咦，小狗的脑袋之前是向右歪的还是向左歪的呢？现在它的脑袋歪在左边，但我总觉得跟之前的方向相反。也许是我的错觉吧。

我决定不去想了，起身下了电车。

从车站去往学校的路上，我与一个遛狗的阿姨擦肩而过。她的狗娇小玲珑，有着褐色的身体和乌黑的眼睛。是一条约克夏！我心里正激动，带着项圈的小狗便嗅着我的气味向我走来了。

我身上难道有什么吸引这条小狗的气味吗？总之，兴高采烈的我已经准备好摸一摸它了。就在此时，我却听到了另一条狗的叫声，似乎就是冲着我眼前的约克夏的。我环顾四周，却没有看见发出叫声的狗。

约克夏受了惊吓，慌忙从我面前跑开了。狗的主人也疑惑地四下张望，不知道刚才听到的狗叫声是从哪里来的。

没能摸到约克夏，我感到十分可惜。

我看了看手表，加快脚步向学校赶去。阳光已经很强烈了，今天一定是一个大热天。我感到有些沮丧，瞥了一眼小狗刺青，停下了脚步。

刺在皮肤上的小狗会叫吗？如果是百奇叫了，的确会出现刚才那种情况。

蓝色的小狗依旧歪着脑袋坐在那儿。只是，它嘴里的白花现在落在了它的脚下。

啊，原来不是我的错觉。我冷静下来，接受了这个事实。

我早就从这个刺青上感受到一种难以言喻的真实感。刺青小狗生活在我的皮肤上——这种事真的有可能，也在我的接受范围内。比起半年后突然失去一个家人这种事，我更能接受前者。

可是山田却不这么认为。我跟她说了刺青小狗会动的事，她根本不相信。

"我帮你预约，你去医院看看吧，铃木……"她忧心忡忡地望着我，生怕我得了脑瘤似的。

在短暂的课间休息时间，我们来到教学楼楼顶。阵阵微风稍微吹散了钢筋混凝土反射出的太阳的热度。

"山田，我今天没带医保卡呢。"我挽起袖子，让她看了看我的胳膊。我想，她如果见到刺青小狗发生了微妙的变化，一定会大吃一惊。

　　果然，山田看着我的胳膊，一句话都说不出来。

　　"怎么样？嘴里的白花确实落在脚下了吧？"

　　"不，不只是这样……"她歪着脑袋，呆呆地望着我，"不见了，哪儿都没有。"

　　我一时没理解她的意思。

　　我看了看胳膊。刺青还在，不过只剩下那朵白花了。

　　那条最重要的小狗留下了花朵，不知跑到哪儿去了。百奇原本所在的皮肤变得像刺青前一样无瑕。

　　小狗失踪了，这让我感到恐慌。

　　不过，我们很快就找到了百奇。原来，它在我肚脐上方三厘米的地方睡得正香呢。它闭着眼睛，一脸幸福的模样。

　　我掀起上衣，露出肚脐，山田把耳朵凑了过去。"刺青小狗在打呼噜呢。"她带着难以置信的表情低声说道。

　　后来，百奇又换了几次位置。等我放学回家时，它又回到我的左胳膊上端坐着了。它好像知道那里才是它的固定位置。

那天，我尽可能地观察百奇，最后发现，它绝对不会让人看到它移动的过程。我稍微移开目光，它就换了个地方，还变了一个姿势。我原本想象它是像动画片那样运动的，所以有些意外。从这个意义上说，百奇不像动画片，更像是漫画。

刚刚还在睡觉，下一秒就在伸懒腰，两者之间并不存在其他图案。只要有人盯着，它就会一直保持图画的模样。或许，神明赐予了百奇自由，在没有人看着它时，它便能自在地移动。所以，在我眨眼的瞬间，这条刺青小狗就翻了个身。

不可思议的是，百奇好像也意识到了我的存在。不仅如此，它对皮肤以外的世界的认识好像也和普通的狗一样。

我想起了今天早上遇见的约克夏。当时那声狗叫一定就是百奇发出来的。它看到约克夏凑了过来，忍不住叫了一声，结果嘴里的白花掉了下来。

今天早上我半睡半醒时听到的狗叫声是怎么回事？肯定也是我胳膊上的小狗干的。

我在站台上等着电车，凝视皮肤上的小狗。周围有几个正在回家路上的高中生和上班族。天空已经被染成了红色，这时响起了让人难以听清的广播声，电车缓缓驶入站台。

百奇在我的左胳膊上熟睡。可我的视线刚移开几秒，它就开始舔自己身上的毛了。

我走上电车，就近找到座位坐下。我抬起手，用食指指腹轻轻摸了摸正在整理毛发的小狗的脑袋。当我的手指遮住百奇的瞬间，它已经幸福地眯起了双眼。

我突然有种奇怪的感觉。我仿佛和一条刺青小狗结婚了。

回到家，母亲的儿子薰正一脸不悦地吃着杯装方便面。我感觉自己一下子被拉回了现实。

"美佐江呢？出门了？"

"她留了便条，说去医院了。"薰朝桌上的纸条努努嘴。纸条上是用钢笔写下的字。

"是为了癌症的事吗？"

薰听到我自言自语，疑惑地歪了歪脑袋。看来他还不知道母亲的丈夫得了胃癌。

我跟薰是姐弟，不过这段历史却有些荒唐的成分。我大概是一岁半的时候第一次见到他的。当时我还不懂事，不知道这个出现在我家的小东西究竟是什么。如果能回到那个时候，我肯定会把美佐江抱在怀里的他装进纸箱里扔掉。不过，现在已经太晚了。

薰夺走了父母对我的爱。为了报复，我选择对他使用暴力。不过，事与愿违，我被父亲茂雄揍了一顿。回想起来，我讨厌父亲好像也是因为这件事。

薰长大了，头脑清晰，生活态度也很积极，和姐姐大不一样。父母的期待全都放在了他一个人身上。他也不负所望，今年成功考上了聪明人才能上的高中。

我则背负着父母的叹息，进入了比他低好几个档次的高中。从那一刻起，我跟他的漫长斗争似乎已经结束了。

从学校回来的我精疲力竭，丝毫不想看到弟弟的那张脸，只想赶快回自己的房间去。

"对了，有人借了我的钱没还，你应该知道吧？就是那个叫优的女孩。你不是认识她吗？帮我催催。"薰脸朝着方便面，用我能听见的音量说道。

"哦，知道了，我催催她。"

"你不是认识她吗？"他的这种语气让我很生气。

这时，薰突然咳了起来。他咳得厉害，一定是被一大口面汤呛到了。我这么猜测着，心情也好了起来。

"是不是美佐江的感冒传染给我了？"停止咳嗽后，他痛苦地捂着胸口说。

三十分钟后，父母回来了。

"唉，去一趟医院可真是累人啊。"美佐江坐下来，筋疲力尽地说道。我发现她声音有点儿奇怪，感冒似乎加重了。

两人好像在外面吃过饭了，还买了蛋糕回来。

美佐江去洗澡时，父亲茂雄把我和薰叫到了客厅。薰好像意识到事态严重，而我已经隐隐察觉他要说什么了。他可能从妻子那里得知了自己患胃癌的事吧。

父亲茂雄一脸严肃地让我们坐下。我再次意识到我和眼前这个人气场不合。我记得我经常像这样被他责骂。即使我觉得我已经做得很好了，他还是要挑我的毛病。

"今天我们上医院去了。"父亲茂雄开口了，"本来是妈妈一个人去医院看感冒的。可到了傍晚，医生打电话到我的公司，说要我过去一趟，因为有重要的事情告诉我。"

这和我想象的有点儿不一样，我感到很困惑。浴室里传来母亲洗澡的水流声。

"妈妈喉咙里长了肿瘤。医生说是喉癌，只能活半年了。"

我一句话都说不出来。

"妈妈知道这件事吗？"薰问。

"她还不知道。我去医院接她的事，医生对她撒了个谎，说是因为感冒太严重才把我叫去的。"

父亲茂雄从胸前的口袋里掏出香烟，想要抽一根，不过还没开始抽就把烟捏碎了。"从今天开始戒烟吧……"他轻声说道。

我心中暗想，你现在才知道注意健康吗？

母亲好像还没把胃癌的事告诉丈夫。

两个家人同时得了重病，这未免太巧了。我听说癌症的死亡率很高。双亲同时患癌的概率或许万中无一吧，只不过那也意味着，从天文学视角来考虑并非不可能。

该不会是蓝色的小狗带来了厄运吧？不过这不太可能，我没继续想下去。

美佐江洗完澡，湿着头发走进客厅，薰故意把电视频道调成了轻松愉快的综艺节目。他像刚才那样剧烈地咳嗽着，装作什么都不知道的样子。

第二天薰也去了医院，因为他的咳嗽一直止不住。诊断结果出来了，是肺癌。他余下的寿命和父母的一样短暂。

3

周六学校不上课，我去了山田家。我提前给她打了电话，让她准备三万日元，所以很容易就拿到了钱。

刺青店往里走就是山田的家，后面还有个小院子。

山田经常去铃木家，跟我的家人很熟，到最后她甚至比我还亲近地与弟弟交谈。

但这是我第一次踏足山田生活的地方。

她的房间在一楼，开窗就能直接去到院子里。房间统一装修成了黄色，音响上摆着小丑八音盒，墙上挂着一幅拼图。房间里还有一台电脑，山田说可以上网。

院子里有个狗屋，因为山田也养了狗。我以前就听说那是一条名叫玛文的杂种狗，不过今天还是第一次见到。它不是刺青，而是真正的狗。

我穿上放在窗边的凉鞋，来到狗屋旁看睡在阴影里的玛文。它抬起眼皮，不耐烦地看了我一眼。

我的左胳膊上方传来了恐吓般的狗叫声。百奇有个习惯，只要其他狗靠近，它就会叫起来。也许它并不是想挑衅，只是领地意识使然。它想把靠近它的地盘——也就是我的皮肤的狗赶走。可惜它的声音听起来不够凶，毕竟它只是条身长三厘米的小狗，叫起来有点儿像小孩在逞强。

玛文完全不理会百奇的叫声，懒洋洋地闭上了眼睛。

"这么说来，他们三人都不知道自己得了癌症？"

我对山田点点头。父亲茂雄坚信自己得了胃溃疡，美佐江和薰则以为自己感冒了。不过，他们都知道其他两人得了癌症，只剩半年寿命。

薰知道父亲茂雄得了胃癌时，还抱着头说："怎么会这样？半年后我就要和姐姐两人一起生活了吗？"

我看着他，却说不出"不会的，你放心吧"这样的话。

父亲茂雄则认为半年后就要和我两个人生活了，美佐江也有同样的想法。只有我知道他们三人都得了癌症。

"听说，我奶奶是得子宫癌去世的，爷爷是脑瘤，伯父是直肠癌，姑母是乳腺癌。看来我们家的血统患癌死亡的概率很高呢。"

"铃木你没事吗？"

"暂时没事。说到有哪儿不舒服，也就是几年前皮肤上开始长红斑吧。"

"那是痤疮啦。跟皮肤上有条狗相比，那根本不算什么。难道没心没肺地活着才是不得病的秘诀吗？"

"那山田你也不需要看医生了。"

山田站起来，从另一个房间拿来了盘子和罐头，好像是玛文的午饭。她用起子打开了罐头。玛文听到声音，淌着口水摇着尾巴跑到了窗边等候。

这不就是巴甫洛夫的狗吗？我呆呆地想着。

在回家的路上，我顺便去了一趟书店。犹豫许久，我只买了一本书便离开了。

回到家，家人都用复杂的眼神打量其他人，就这样度过了周六的下午。我不太清楚具体的情况，但他们三人的癌细胞好像都扩散到了其他器官，很难治愈。我猜想，他们近期应该会住院动手术吧。

我看了一眼左胳膊的上方，百奇不在那里，大概是到我的后背或脚尖散步去了吧。他们三人去世后，就只有这条狗陪着我了。

我冲了一杯甜得可怕的咖啡，坐到客厅的桌子旁，翻开了刚才买的书。美佐江和薰都看着我，欲言又止，最后，父亲茂雄开口了。

他盯着我，仿佛在看什么可怕的东西。我以为我早已习惯他这样的眼神了，但还是感到很难受。我时常想，父亲是不是讨厌我这个女儿，因为我学习成绩不好。其实我心里也为辜负了父母的期待而感到歉疚。每次挨训，我都感觉他们是在责怨这件事。

弟弟轻易就能做好的事，我却一样都做不到。比如，主动和人打招呼，爽朗地笑出来，在谈话时使人心情愉快，又或者写一手好字。每当我做不到这些无关紧要的小事时，美佐江和茂雄就会用失望的目光看着我，让我很受伤。

"你那本书是什么意思？"

"跟你没关系，别管我。"

父亲茂雄好像被惹恼了，一把抢走我的书。那本书叫"开始一个人的生活吧"。美佐江和薰在不远处看着我们。

"喂，你到底明不明白……"

他瞥了一眼妻子和儿子，没有继续说下去。不过，我已经知道他想说什么了。他想说"半年以后你就要和爸爸两个人生活了"。一旦在妻儿面前说出这句话，就相当于告诉他们，他们只剩下半年寿命了，所以他没有说出来。

于是我说："半年以后我就要一个人生活了。有什么办法呢？你们三个人都要死了啊。"

在奇异的沉默中，他们面面相觑。

我趁机从父亲茂雄手中抢回了书。

茂雄、美佐江和薰三人都知道了自己到底得的是什么病。那天晚上，他们一直聊到很晚，而我先回房睡了。

我本以为第二天早上他们一定都会面色阴沉，但事实并非如此。出乎意料的是，他们竟在我之前起了床，像平时一样吃着早饭。

窗帘敞开着，太阳已经升到了高处，阳光照亮了房间。

薰往擦得透亮的玻璃杯里倒牛奶，看了我一眼。他知道自己得了癌症，半年后就会死去，可脸色却很好。

"你们昨天聊了什么，聊到那么晚？"我问道。

他用愉快的声音回答："我们聊到剩下这半年要干什么。爸爸打算辞掉工作，一直看书看到死。妈妈倒是不得不一直当家庭主妇。我呢，打算从明天开始翘课。"

"翘课？真好啊。"我心里迷迷糊糊的，一不小心说出了口。薰并没有生气，反而开心地笑了笑。他的开朗也感染了父母。

"这些夏天的衣服今年我要全都穿一遍。"美佐江看着她的衣服，有些惋惜地说道。她已经做好活不过明年夏天的打算了吗？

他们三人之间产生了奇特的默契，我甚至感觉他们已经接受了死亡。一家人中只有我格格不入，我产生了一种被他们排斥在外的感觉。

"你们不做手术吗？做了手术说不定能治好。"

父亲茂雄回应了我。"不一定能治好啊。我不太清楚具体情况，可现在已经晚了吧。而且做手术要花钱，三个人做手术要花一大笔钱呢。"他皱着眉，语气越来越严肃，"半年后你可就孤身一人了。在这世上，不管做什么都要钱，所以我们不能把钱花在那种难以把握的手术上，更别说给三个人做手术了。"

他们昨晚商量的应该就是这件事了。

此时，我终于为自己未知的将来感到不安了。这当然比被宣告死亡来得轻松一些，但我不像他们那样成熟稳重，想到变成孤身一人后的财产管理和衣食住行问题，我就想干脆死掉算了。

我真的能一个人活下去吗？不，准确来说我不是一个人。我还有一条狗。

这时，百奇的叫声响彻整间屋子。它很少在家里叫，而且这是它第一次在有其他人在场的情况下大叫。我还没把百奇的事告诉家人。

他们三人不可思议地四下张望，最后得出结论是电视的声音。

我偷偷看了看左臂上的刺青。百奇望着我，仿佛有话要对我说。它嘴里叼着白花，可我一眨眼的工夫，它就把花吃掉了。白花从我的皮肤上消失了，只剩下嘴巴鼓鼓囊囊的小狗。

我终于明白了，百奇饿了。话说回来，我完全忘了狗粮的事，一次都没给它喂过食。

我告诉家人我要去山田家一趟。正要离开时，薰在门口对我说："最近都没怎么见到山田，她还好吗？"

"山田正在学习，为成为刺青师做准备呢。"

薰目不转睛地看着我的脸。"你眼角以前不是有一颗小小的痣吗？直径大约一毫米，过去我还开玩笑说像鼻屎呢。"

我跑到洗脸池前，对着镜子仔细打量自己的脸。那颗痣确实消失了。

罪魁祸首就是百奇。

在去山田家的路上，我目击了百奇的新罪行。

我一直在观察它。它好像真的饿坏了，一眨眼的工夫，又把我胳膊上那颗小小的痣吃掉了。

看来昨晚我睡着时，百奇到我脸上散步。为了填饱肚子，它把我眼角的痣给吃了。

听到我说的这些事，山田强忍着笑，在我身上为百奇刺了一大块肉。她还没出师，不过已经掌握了刺青的基础知识，我就这样成了她的小白鼠。

山田完成了刺青，那是一块漫画里经常出现的带骨头的肉，比百奇还要大。我还担心百奇不吃这块肉，结果是我杞人忧天。百奇像真正的狗那样大口大口地吃了起来。三十分钟没看它，它已经填饱肚子，一脸满足地到我右腿上散步消食去了。它的散步路线是这样的：从我的左胳膊上方南下（如果把我的头顶当成北边），来到右脚尖，再在我的后背上转一圈，最后回到原点。

"连我这样的外行做的食物也愿意吃，真是条好狗啊。"山田非常感动，我却有点儿不高兴。

"下次记得剁块没有骨头的肉。"

百奇并没有把骨头吃下去，我的皮肤上留下了一块白色骨头的刺青。不一会儿，百奇就把骨头叼到别处去了。它一定是把骨头当成了珍贵的磨牙棒，为了不让人抢走，特意藏到了我皮肤的某个角落。

我暗暗祈祷，希望它千万别把骨头藏在我脸上，也别在我身上拉屎。

第二天，我们一家四口打算开车去兜风。因为是星期一，我本该去上学，不过父母同意我请假。上次我无缘无故不去上学，父亲狠狠批评了我散漫的生活态度，让我心里很难受。

听说我们要去海边，其实我并没有什么兴致。和三个接受了死亡宣告的人去兜风，一定很灰暗、很压抑吧。说不定他们只是假装去兜风，其实是想把我带出去，然后一家四口乘着车直接沉到海里呢。如果他们要自杀，还是别带上我吧。

不过，我的担心是多余的。他们只是正常地享受着兜风的乐趣，被随处可见的风景深深吸引，为并不有趣的话题开怀大笑。车里愉快的交谈持续不断，总有人在说话。

我不想破坏气氛，始终面带微笑。没过多久，我便忘了他们三人即将死去的事实，并希望这次兜风能永远继续下去。

我们四人走在海岬上，风很大，吹得衣服呜呜作响。

他们久久地凝望海面，好像永远都看不腻，过了两个小时仍然伫立在原地。也许在旁人眼中，他们和我看起来不像一家人。父母和薰是那么意气相投，被同样的事物深深吸引。

我感到很无聊，便坐在长椅上喝果汁，几乎睡了过去。

"你不看大海吗？"不知什么时候，弟弟出现在我身旁。

"我不明白那有什么好看的。"

"这就是人与人的高下之别啊。"

我不但没有生气，还忍不住笑容满面，因为我的心情实在太好了。

"到最后，我都没能从弟弟你这里夺回爸妈的爱啊。"

"是吗？我倒觉得正相反。"

"为什么？茂雄整天就知道冲我唠叨。"

"他不冲我唠叨，是因为我一直都很聪明啊。"

回家车上，这段对话一直萦绕在我脑中。我无论如何都无法对弟弟的话感同身受。

不过，除了这件事，这次兜风我还是乐在其中的。自从知道家人患癌后，我从来没有像今天这样强烈地希望他们不要死。我感到心痛。为了忘掉这种感觉，我说着傻话逗他们开心，就连平时不苟言笑的父亲茂雄也一脸愉悦。可不知为什么，我的心反而越来越痛了。

我们是一家人啊，我真切地感受到了这一点。这种感觉我已经遗忘很久了。

途中，我们停下车，在一家路边餐馆吃饭。

做手术吧，虽然不一定有用，但也可能治好啊！我很想这么说，却说不出口，因为我感觉一旦说出来，我们身上的魔法就会消失。

我难以想象半年后孤身一人的样子，那和眼前情景的落差实在太大。老实说，我害怕得双腿都要颤抖起来了。

4

父亲茂雄说在这世上无论干什么都需要钱。就算我一个人生活，想要过得宽裕一些也需要很多钱，所以他们不能花钱去做那种希望渺茫的手术。

如果我口袋里有一叠又一叠的钞票，肯定会不容分说地让他们接受手术。遗憾的是，我的口袋空空如也。

我开始在便利店打工。我心里清楚这样是赚不到三个人的手术费的，可想到将来要一个人生活，就觉得必须找点儿事做。以前我总向美佐江要零花钱，那就是我的收入。可从今以后，再也不会有人给我零花钱了。

"高中毕业后，我不上大学了，打算直接工作。"我对山田说。

山田正往我胳膊上刺青，图案是一块肉。她只是点了点头，似乎把全部注意力都集中在了刺青上，看都不看我一眼。

胳膊上传来阵阵刺痛，很快，店里的时钟就指向了八点，房间里响起了鸽子傻乎乎的叫声。

我现在经常请山田给百奇喂食，她从不收钱。她父亲允许她在七点半以后自由地使用刺青器具，所以我每次来找她刺青，都会听到呆头呆脑的鸽子的叫声。

刚刺好的肉是生的，过几天才会变成漂亮的颜色。但百奇才不在乎，每次刚刺好，它就狼吞虎咽地吃了起来。等它把肉吃进肚子里，那块皮肤就变得好像从未有过刺青一样，连针扎的痛感都一下子消失了。

百奇并不会拉屎，这让我松了一口气。

养狗真的很费功夫。百奇贪玩，经常想吸引我的注意。不管我是在打工的便利店里收银，还是在学校上课，它总是突然叫起来，吓我一跳。每次我循声看向左胳膊，百奇都会用恳求的目光看着我，仿佛在说"求求你陪我玩吧"。这时，我身边的人都会东张西望，感到很奇怪，不知道狗叫声到底是从哪里传来的。

有时候，百奇还会叫个不停。一次，我正在便利店整理货架，便压低声音斥责它，叫它安静点儿，结果它反而叫得更欢了。客人们都发现了异常，他们觉得这家店一直有狗叫声，实在太奇怪了。我掐着皮肤想抓住百奇，但是不管用。只要我一眨眼，它就逃到别处了。看来，想要抓住一条刺青狗是不可能的事。

此外，别说听口令吃饭了，百奇连握手都不会。它偶尔会听我的话，老实地坐在我的左胳膊上。但每次我想训练它时，它都只会歪着脑袋呆呆地望着我，我也只好无奈地看着它。一眨眼，它已经躺下来打哈欠了。

如果把灵犬莱西①的聪明程度算作一，那百奇的聪明程度可能只有它的百分之一。百奇还很胆小，听见雷声或突然响起的巨大声响，就会不安地四下张望。

百奇没什么优点，除了吃，就是叫几声向我撒娇，日子过得很散漫。而我则要辛辛苦苦地上学，勤勤恳恳地打工。

尽管如此，有一回它却让我看到了它聪明的一面。

那天我陪美佐江去医院。她做检查要花好几个小时，我便在医院附近闲逛。这是一家大医院，还有书店，所以也不怎么无聊。

我拿着新买的漫画，到病房的楼顶上看了起来。楼顶阳光很好，也很安静。几条干净雪白的床单晾在这里，随着微风轻轻起舞。

百奇突然尖声叫了起来。一开始我不知道发生了什么，

---

① 英国作家埃里克·奈特的小说《灵犬莱西》（*Lassie Come Home*）的主人公，是一只机智、勇敢、忠诚的牧羊犬，曾跋山涉水、克服种种困难回到主人身边。

四下张望，才发现有个老人倒在了门边。从他的穿着来看，他应该是住院的病人。如果百奇没有叫，我可能就不会发现他了。

我扔下手里的漫画，跑过去询问。老人说他心口疼，于是我慌忙跑下楼去叫护士，心中则一直想着我的小狗——没想到百奇能帮助别人，真是太厉害了！

在护士赶来之前，我一直陪在老人身边。他看起来很痛苦，但还是不断向我道谢。我早已进入了爱犬主人的角色，挽起袖子给他看左胳膊上的刺青。"您要谢就谢它吧！"

老人看到刺青小狗，瞪大眼睛被护士抬走了。

5

我和家人之间出现了一道奇怪的鸿沟。被宣告死亡的人和被宣告存活的人，好像连看待世界的方式都不太一样。

他们三人之间似乎产生了密切的联结。他们视野相同，感受相通。他们聚在一起愉快地聊天，看起来仿佛在互相安慰。

他们三个是紧密团结的一家人。事实就是这样，其中没有容我加入的空隙。

不知为什么，父母对我日益严苛起来。父亲茂雄和美佐江都执意要我改掉懒散的生活态度。

"今天天气这么好，快把窗子打开，打扫一下屋子吧！"

"这种事不用你说我也会做。你为什么一定要一件一件地说出来啊！"

"我不说你就不会做啊！"

我已经不能对美佐江撒娇了。她只要发现我有一点儿懒散的地方，就会冲我唠叨个没完。

父亲茂雄也一样。他带着我把亲戚家转了个遍，想趁自己还能动的时候，请亲戚多多照顾我这个即将一个人生活的女儿。

亲戚听了茂雄的话，都同情地看着他。微妙的是，我觉得一点儿意思都没有。我觉得我才更值得同情。何况我连那些亲戚的长相和名字都几乎没记住，跟他们来往只会带来麻烦。我这个人又总是直来直去，向来不会假笑，所以亲戚们对我恐怕没什么好印象。

有一次，父亲茂雄正和一个亲戚家的阿姨聊天，我无聊得打了个哈欠。结果，他竟生气地按住了我的脑袋。"真是太不好意思了。这家伙虽不像话，还是希望你们多多关照。"

他按着我的脑袋，强行让我鞠了一躬。没必要当着亲戚的面生我的气吧？我感到脸颊发烫。

"他们俩最不放心的就是你那懒散的个性啊。"薰对我说。

"说什么傻话！像我这样生活习惯良好的女孩可不多见啊！"我用脚操作着电视遥控器，这样说道。

一天晚上，我和父亲因为鸡毛蒜皮的小事吵了起来。

学校放暑假了，我过上了日夜颠倒的生活。晚上我起床时，他们三人正在吃晚饭。我一屁股坐在旁边，吃起了零食。

我把仙贝的塑料包装袋扔到了装可燃物的垃圾桶里，父亲茂雄好像对此很不满，又开始像往常那样责备我。在我家这一带，居民有义务把塑料制品分类回收。

"垃圾分类这种事随便做做就好啦。"

听了我的话，父亲露出一副感到不可理喻的表情。"你怎么连这么简单的事都做不好？垃圾如果不分类，环卫局就不会把它们收走。等只剩下你一个人的时候，照这个样子你能好好过下去吗？你看薰就好好分类了。"

他一提到弟弟的名字，我就感到一股无名的怒火涌上来。又或者，我是感到悲伤吧。总之我心烦意乱，什么也顾不上了。"为什么现在你又提起薰？"

薰听到父亲突然提到他，露出了复杂的神情。

"每次都是这样！你老是拿我和弟弟比较！反正我不像薰那样聪明！"

我的声音特别大，连自己都吓了一跳。我踉跄了几步，胳膊把桌上的玻璃杯碰掉了。杯子碎了，里面的牛奶全都洒在了地上，我的情绪更控制不住了。父母对此感到很惊讶。

"即使没有我，你们只要有薰就够了吧？"

"你在说什么呢！"美佐江开口道，"我们怎么可能这么想呢？"

"那为什么只留下我一个人？你们是父母，就有养育我的义务吧？只留下我一个人，实在太过分了！我要是也得癌症就好了，就不用一个人活在世上了！"

房间里响起清脆的响声。父亲茂雄打了我一耳光。

不知什么时候，我已坐在了车站门口那家中餐馆里，面前摆着一碗笋干拉面。我有种奇怪的感觉，仿佛刚从梦中醒来一般。

我是什么时候从家里跑出来的？都经过了什么地方？为什么会点这碗笋干拉面？我一点儿也想不起来了。我看了看双脚，发现我穿着鞋子，于是松了口气。我去洗手间照了照镜子，发现红肿的脸颊上挂着泪痕。

一阵恶心的感觉涌上来，我吐了。我心中惨痛，懊悔阵阵袭来，止不住地呜咽起来。

我出门时没带钱和手机，便向店主借了十日元，用店里的公共电话打给了山田。

在等待山田的时间里，我坐在座位上，对自己生起气来。

也许是闻到了香味，我的左胳膊上传来了狗叫声。百奇根本不理会我的情绪，一脸天真地叫个不停。别叫了，会给店里的人添麻烦的！我小声警告它，可它还是不停地叫着。我用力捂住左胳膊，努力不让声音传出去，可狗叫声还是在店里回响着。

别叫了，求求你了！为什么你不能乖乖保持安静？我弓着背，对刺青小狗苦苦恳求，但是毫无用处。清水一样的鼻涕流了出来，这对我来说是流泪的先兆。

不安和困惑瞬间将我吞没。

我突然意识到，我根本没法照顾好一条狗。我连一个人生活都如此害怕，怎么可能担负起照顾一条狗的责任呢？

我得给它喂食，要是喂得不够及时，还得哄它高兴。我得时刻照顾它，以免它忍不住叫起来。要是它无聊了，我还得陪它玩。

我语重心长地对这条蓝色的刺青小狗说："对不起，百奇。我实在没办法养你了，因为我没有自信。我会很快帮你找到新主人的。"

百奇好像听懂了我的话，悲伤地叫了起来。

赶来的山田看到我的样子很是吃惊。原来，我竟还穿着睡衣。

"我决定不要这条狗了。"我带着哭腔对她说，然后看了看左胳膊。百奇已经不见了。

它可能是听懂了我的话，知道自己要被抛弃了，所以逃到身体其他地方去了。

6

我请山田帮我付了钱，然后离开了中餐馆，我们商量了一番，最后决定我先在她家借宿一段日子。路上，我告诉了她我和父母吵架的事，还有想把狗送人的事。我以前一直不理解那些抛弃宠物的人的想法，但是今晚我好像明白了。我的心碎成了一片又一片，情绪十分低落。

去山田家必须坐电车。离末班车还有一会儿，车站里人却不少。穿着睡衣很丢人，但我实在没办法，只好选了一节人少的车厢。

"我打算把百奇连同那块皮肤移植到别人身上。"

山田面露难色。"这种事真的可以吗？"

我们两人都没有关于皮肤移植的知识。

"再说了，有人愿意接受带着刺青小狗的皮肤吗？一般来说，即使有人喜欢小狗图案的刺青，也不会选择要别人的皮肤，而是自己去刺一个吧……"山田小心翼翼地继续说道，"如果你一定要把百奇从你身上赶出去，可以干脆把刺青洗掉……"

我摇了摇头。我不忍心杀死百奇，只想像人们把宠物送到保护站一样把百奇送出去。

"总之，我们先在网上查一查皮肤移植的事，再看看有没有人愿意收留刺青小狗吧。"山田说完拉着我的手站了起来。电车门开了，我们到站了。从座位上站起来时，我感到身体就像灌了铅一样沉重。

"你可以住在我家，不过至少得打个电话回去吧。"

一到山田家，山田就把听筒塞给了我。我虽然点头同意了，却感觉自己连隔着电话跟父母说话的心情都没有。为了让山田放心，我随便拨了个号码，装成在和家人说话的样子。

我借用了山田家的浴室。一脱掉睡衣，我便马上开始寻找百奇。平时只要呼唤它的名字，它就会哈哈地喘着气出现在我的左胳膊上。可这一次，它没有出现。

我用镜子照了照后背，还是没有找到百奇。它恐怕一直在移动，像往常那样躲避我的视线吧。既然如此，我应该找不到它了。想到这里，我仿佛看到了百奇气鼓鼓的脸。

我决定先不管百奇了，反正它也无法离开我的皮肤。

第二天，我借用了山田房间里的电脑，在网上寻找愿意收留刺青小狗的人。我自己没有电脑，不过经过山田的教导，我发现用起来还挺简单的。

"我先声明，你最好别抱太大希望。"山田说完便打开一个和刺青有关的网站。那个网站叫"TATTOO 之家"。

"为什么叫'家'啊？"我问。

"这种网站都会取名叫'什么什么之家'啦。"她告诉我。

这是个气氛很不错的网站，站在门口就能听到轻柔的音乐。我说的站在门口，其实是进入首页的意思，音乐则是从电脑音箱传出来的。我一下子便沉迷于这些东西，感觉自己已经成了一个网民。

网站背景是明亮的蓝色，紧接着便出现了一块"欢迎光临"的招牌，还有几扇门。那些门其实只是图片，每扇下面都用文字说明了门后有什么。

山田告诉我，这个网站的管理员是个年轻的女白领。所谓管理员，应该就是网站的主人了。

"我替你在留言板上留言哟。"

山田说着用手形的光标敲了敲写着"留言板"的门，进入了这个页面。我见到什么都觉得稀奇，目光在网页里转了个遍。山田则早已对之习以为常，她看着我，仿佛在说这有什么稀奇的。

门后当然就是留言板了，上面有来过这里的人留下的信息。我们浏览了以前的留言，发现了许多和刺青相关的信息。

我看到想刺青的人们留下了各种各样的问题，一个叫山田的人则耐心地回复，给出建议。

"这个'山田'是谁？"

"当然是我啦。"她挠着下巴说道。

"你就没想过起别的名字？"我看了看其他人的名字，大多很有意思。在这里，人们可以使用假的姓名生活。"为什么一定要用'山田'呢？完全保持原样嘛。"

"你别管啦。"山田说完便在留言板上写下留言，内容是问有没人愿意收养一条刺青小狗。"……名字叫百奇，雄性，身长三厘米，毛是蓝色的……"

看起来就像那些贴在大街电线杆上的传单一样。

写好留言后，山田还想去其他和刺青有关的网站。我问她这类网站是不是有很多，她点了点头，把网址都告诉了我。

"我还想在这里多看一会儿呢。"我已经喜欢上了这个网站。

"那我就敲敲别的门吧！"

我们回到首页，点击了写着"画廊"的门。进入页面，几张刺青的照片映入眼帘，好像是网站的主人，也就是那个白领身上的刺青。每张照片下面都附有说明和相关的回忆。"这个凤蝶的刺青是我亲自设计，并在失恋后的第二天刺上去的……"我又看了看其他说明，多少理解了这个人对她的刺青怀有的自豪与喜爱之情。

"既然创建了这样一个网站，说明这个白领确实很喜欢刺青。"在我身旁抱着胳膊凝视照片的山田说道，"接下来去'聊天室'看看吧，不过那里大多数时候都没有人。"

山田又点击了写着"聊天室"的门。门下面有一行简短的说明：大家一起围着桌子谈天说地吧。山田简单地解释说"聊天室"就是人们实时在网上交谈的地方。

进入聊天室一看，并不像山田说的那样，里头并非空无一人。有一个名叫"怀表兔"的人，好像是男的。不，与其称他为人，不如叫他拿着怀表的兔子吧。

我按照门下面的文字，想象这里有一张桌子。桌子摆在房间的正中央，怀表兔把双肘支在上面，得意地欣赏着自己的怀表。就在这时，山田走了过去。

　　山田："你好，好久不见了。"
　　怀表兔："哎呀，竟然能在这里见到你，真难得啊。"

两人愉快地闲聊了一会儿。也许他们就是通过这样的方式来收集信息和拓宽人际关系的吧。我也想坐到桌旁，但是用来说话的键盘只有一个。

过了一会儿，山田准备结束对话，那只兔子却说出了让人意外的话。

> 怀表兔："对了，你听说过刺青小狗吗？据说有个人正在寻找身上有刺青小狗的女孩。"

屏幕外，我和山田面面相觑。

> 怀表兔："据说那个人上个月差点儿死在了医院，多亏一个女孩救了他。不过那个人忘了女孩的名字了，只知道她身上有条刺青小狗。现在，那个人的手下正在刺青相关的网站到处收集有关刺青小狗的信息呢。好多人都在议论这件事。"

山田向怀表兔打听了那些收集信息的人的情况。原来，那个被刺青少女救下的人是一家知名大公司的社长，连我都听过他的名字。据说他想找救命恩人，对她表示感谢。

> 怀表兔："谢礼肯定特别丰厚！"

山田："可能是一百根胡萝卜哟！"

怀表兔："胡萝卜？那算什么！重点是钱啊，钱！那个人的谢礼一定是钱了！"

那个刺青少女很可能就是我。想到谢礼，我便坐立不安起来。如果我向百奇救下的老人说明家人的情况，他说不定会愿意出昂贵的手术费用。

我跟山田马上坐上电车，前往老人经营的公司。那家公司就在我们居住的这座城市。老人住在离我家不远的医院里，他的公司应该也离得不远。

那座大楼跟周围的楼房相比，显得格外高大，进出的全都是上班族，所以我们得鼓起勇气才敢走进去。

我对前台的女人说了刺青的事，她狐疑地看了我一眼，拿起了手边的电话。看起来，她是要叫什么人过来。

不一会儿，一个戴眼镜的矮个子男人走了过来，把我们领到大堂的沙发上坐下。

"请问两位在哪里听说了刺青少女的事？"他彬彬有礼地问道。山田回答说是在网上看到的。

"我需要分辨来人究竟是否真的是那个身上有刺青小狗的少女。"

按照他的说法，这则消息在刺青圈流传得太广，开始出现冒名顶替的人了。

"所以我们故意隐瞒了刺青小狗的外形、刺在身体的什么部位等信息。社长已经向我详细描述过救命恩人的刺青了。如果有人随便拿刺青称自己是救命恩人，我一眼就能识破。那么，现在请让我看看你的刺青吧。"

我感到很为难。他让我给他看刺青，可是蓝色的刺青小狗已经逃到身体某个角落里藏起来了。

"出于某种原因，我现在不能让你看。不过我就是那个刺青少女，社长见到我的话，应该会想起我的。"

男人叹了口气，看来是把我认定为又一个冒牌货了。

"那个刺青是一条蓝色的小狗，刺在左胳膊上，对不对？这些信息应该只有本人知道吧？"

男人有些惊讶地点了点头。"的确如此。可如果不能亲眼看一下的话……"

我们被赶出了大楼。我实在太需要钱了。在回去的电车上，我开始琢磨捕捉刺青小狗的计划。

我打算先用食物把百奇引出来，并马上展开行动。我让山田在我的左胳膊上刺了一块肉，然后等百奇现身。它是个贪吃鬼，肯定会出现的。

山田像平时那样在我左胳膊上刺了一块不带骨头的肉。

我坐在椅子上，左胳膊支在桌子上，调整姿势让刺青肉块更容易被看见。

然而，刺青完成后，百奇久久没有出现。我有点儿累了，注意力开始涣散。

我看了看那块肉，百奇还是没有现身。我移开目光，又重复了一遍相同的动作。

大约二十分钟过去了。就在我视线离开的几秒钟里，刺青肉块消失得无影无踪。糟糕，我心想，但已经晚了。

看来百奇已经察觉了我要捉住它的意图。它趁我目光离开左胳膊的间隙，叼起肉块逃走了。这种感觉就像去钓鱼，鱼没钓着，鱼饵却被偷走了。

"百奇是什么时候跑到刺青肉块那里去的啊？"我很疑惑。百奇行动速度不快，也没法凭空出现又突然消失。它一秒钟最多也就能移动十厘米啊。

"百奇是不是利用了我们没注意到的胳膊内侧呢？叼着肉逃跑，最有效的路线应该就是沿着胳膊内侧了。对它来说，先藏在我们看不见的地方，再逃走就很容易了。悄悄来到我们看不见的地方，潜伏在左胳膊内侧，再趁我们不注意的时候叼走外侧的肉块，再逃回内侧。它获取食物的最短距离就是绕胳膊一圈。"

这时，我听到身体某处传来汪汪的叫声，仿佛是在嘲笑我。

太可恶啦，竟敢戏弄我们人类！

我们决定刺一条假的百奇。只要左胳膊上有个蓝色小狗的刺青，就算不是真的百奇，也一定能瞒过那个社长。

山田在我左胳膊上刺了个百奇的替身，连细节都和它一模一样。只不过刚完成的刺青颜色看起来很奇怪，恐怕还要好几天才能稳定下来。

我们决定几天后再去那家公司一趟，可短短十分钟后，就没这个必要了。

假百奇已不知什么时候从我的左胳膊上消失了。不过，我都不用找，因为它就在我的大腿上。我穿着短裤，两条蓝色的小狗并肩端坐在我的左腿上。看来百奇咬住了左胳膊上那条和它一模一样的狗，并拖到了我的大腿上。

如果把腿上的刺青给他看，他们一定不会相信我就是那个救命恩人。而我们也没法把移动到腿上的刺青重新放回左胳膊上。

百奇好像完全读懂了我的想法，望着我咧嘴笑了起来。

美佐江打电话到山田家了。我还没联系过家人，但看来他们已经猜到我在哪儿了。

"她说薰很快就要住院了。"我把电话里的事情告诉了山田。她正忙着给她养的狗开罐头。

我有点儿着急了。要是能证明我就是救命恩人，也许那个社长会替我们支付手术费用，这样就能让家人尽可能地接受治疗了。到时候，父母肯定也会对我刮目相看的。

可是，怎么才能把百奇引到左胳膊上去呢？为了防止它再次逃走，我还得想办法把它固定住。要是目不转睛地看着百奇，它就不会动。可就算我们两人想这么做，也不可能一直盯着它不放。走路或坐电车的时候，目光就得从百奇身上移开了。

更何况，我连怎么把百奇引出来都不知道。它应该已经察觉到我正拼命想把它引出来。

我不得不再次感慨，想让小狗乖乖听话实在是太难了。我恐怕很难驯养好一条狗吧。我试着想象自己饲养真狗的情景——带它去散步时，就算给它戴上项圈，牵着狗绳，它肯定也不会按我要求的方向走。

山田用起子把罐头弄得嘎吱作响，玛文听到这个声音，流着口水拼命向她靠近，狗绳都绷得笔直了。玛文的项圈连着一根黑色的狗绳，绳子拴在狗屋上。

啊，有了！我仔细地回想着给百奇喂食的情景。由于刺青器具只能在晚上七点半后自由使用，每次完成刺青，我都不得不听到那个声音。

我看了看时钟，快五点了。虽然要让玛文久等，我还是一把揪住了山田的衣领，把她往店里拽。

"你要干什么呀？"

"我想到把百奇引出来的办法了！我相信狗的学习能力。"

我坐在椅子上，让山田做帮我刺青的准备。

时钟的长针指到十二，机关动了起来，一只白鸽出现了。每次给百奇喂食时都能听到的那个傻乎乎的声音又响了起来。

我看向左胳膊上方，发现百奇已经流着口水坐在了那里。它一定是听到鸽子的叫声，顿时忘了自己在逃避主人的追捕，忍不住像平时一样跑到左胳膊上去了。

巴甫洛夫的狗万岁！

我让山田开始刺青。图案非常简单，很快就能刺好。在此期间，我们一直轮流眨眼，防止百奇跑掉。

7

第二天，我和山田又去了那家公司。那个矮个子男人看到我们，露出了一副饱受困扰的表情，仿佛在说"你们怎么又来了"。不过，看到我左胳膊上的刺青后，他很爽快地把我们带到了大堂深处的电梯。

"对了，我能问个问题吗？"在通往最顶层的电梯里，男人问道，"我并没有听社长提到刺青小狗身上有项圈和绳子啊……"

现在百奇戴着项圈。它被项圈上的绳子拴在了身旁的木桩上，无处可逃，露出了一副怄气的神情。

"嗯，狗绳的刺青是最近刚加上去的。"

"为什么呢？"

"……为了防止它逃跑。"

男人挑了挑一边的眉毛，似乎想说"真不明白现在的女高中生在想些什么"。

我们被领到一个房间里，在沙发上坐了下来。这里应该就是社长的办公室了。沙发特别软，仿佛下边有个深不见底的沼泽。一个秘书模样的女人给我们端来了蛋糕和咖啡。这是我和山田第一次看到真正的秘书，还偷偷讨论要不要请她签个名。

门再次打开，一个老人走了进来。他就是那天我在医院救下的人。老人一看见我就笑了，脸上挤满了皱纹，然后坐到了我们对面。

"您还记得我吗？"

他连连点头："当然记得了。我还没来得及道谢，你就离开了。我连你叫什么都不知道，只知道你胳膊上有条刺青小狗，找你真是不容易。"

他并没有大公司社长的架子，所以我们很轻松地闲聊了起来。

社长说他住院是为了给心脏做手术，如果当时不是我喊人去帮忙，他可能就抢救不过来了。他有个和我们差不多大的女儿，看来他的年纪应该比看上去的要轻一些。

我提起了我的家人，告诉他虽然治愈的可能性不大，可如果我有钱，还是希望让他们做手术，否则半年后我肯定就是孤身一人了。他认真地听了我的话，并答应为我承担手术费用。

我感到很满足。如果把这件事告诉父母，他们该有多惊讶啊。他们如果高兴起来，也许就会开始格外地喜欢我。

"对了，在胳膊上刺青的事，你父母知道吗？"社长说着，把杯子送到嘴边。他手腕上戴着一块看起来沉甸甸的金色手表，我吃了一惊。

"我还没有告诉他们。"

他摇了摇头，脸上的笑容消失了。"那可不行啊。你的身体是父母给的，无比宝贵。这样随随便便地在上面刺青，我不赞成。"他像个老师似的说道。

"嗯，这的确是父母给我的宝贵身体，但这也是我的身体啊。在刺这条刺青小狗的时候，我确实有些草率。不过，现在我觉得，有这条小狗真是太好了。"

"可是，我不希望你用这样的小狗图案来损害自己的身体。想必你父母也是这么想的。"

山田欲言又止，似乎担心影响我们刚刚谈成的事情，便没有开口。房间里的气氛一下子冷却下来，我感到心情沮丧，十分不快。

"您说得对，我的父母可能会为此生气。可是，我也在努力地为这条刺青小狗负起责任，并不认为它损害了我的身体。请您不要把刺青说得这么不堪。"

他的表情变得严厉起来。"现在你可能为了赶时髦，在身上刺了这条狗。但几年后，想必你每次看到它都会感到后悔。我没想到你年纪轻轻，竟然会说出责任之类的话。"

我很不甘心。每次他否定，我都会为百奇辩护。他根本不了解我左胳膊上的这条狗。百奇确实没有教养，胆子很小，又贪吃，有时还会不听话地乱叫。不过，它毕竟救了你一命啊——

"请您不要说我的狗的坏话。您可能不理解刺青这种行为，但我是因为想要刺青才去刺青的。所以，就算会后悔，又怎么样？"

我的声音不知什么时候带上了哭腔。不知为什么，一想到百奇我就控制不住。如果没有百奇，半年后我变成孤身一人，一定会被强烈的不安压垮。它虽然是个需要花很多心思照顾的孩子，可它也能给我勇气。它哪儿也不会去，只会留在我的皮肤上，一直望着我。

我恍然大悟，原来我是喜欢百奇的。我一直没有意识到，我已经从它那里得到了很多。可我却想要抛弃它，这实在是太愚蠢了。我竟然差点儿输给了养狗的责任。

"我真的很爱这条狗，所以请不要说它的坏话！"

把百奇送走的想法消失得无影无踪。今后无论发生什么事，我都要一直养着百奇。也许在旁人看来它只是一条刺青小狗，可对我来说，它是无可替代的。想到这里，我的眼泪便如决堤一般。

现在，我好像终于能理解美佐江和茂雄的心情了。我和百奇一样，是个不完美的孩子。尽管如此，就像我对百奇怀着深切的感激一样，他们对我可能也抱有同样的感情。

"你没事吧？"山田把手放在我的肩膀上。我流着鼻涕，呜呜地哭着。

我为什么要对父母说那么过分的话？"你们是父母，就有养育我的义务吧？只留下我一个人，实在太过分了！"在决心把百奇留下的时候，我终于理解父母了。他们表面上虽然那样，可是心里也一定不舍得扔下我一个人。我实在太迟钝了，竟然没能体察他们的心意。

带钱回去，让他们另眼相看，这种想法简直愚蠢至极。我现在必须做的，是尽可能陪在不久就要离去的家人身边啊！

社长可能早已见惯了像我这样哭得稀里哗啦的人了。他冷冷地说道："多大的事啊，就知道哭！"

在山田把蛋糕扔向他的同时，我也把咖啡泼到了他的脸上。

也许是被周围的喧闹惊扰了，百奇在我的左胳膊上叫了起来。我觉得被拴在木桩上的百奇实在太可怜了，不想再和它闹别扭了。

我们被赶出大楼时，我向前台的女人问道："请问有小刀吗？"

她狐疑地看着一脸泪痕的我，还是把小刀借给我了。我把刀刃推出大约一厘米，切断了拴着百奇的绳子。也就是说，我在左胳膊上划了一道口子。胳膊上多了一条红线，将刺上去的狗绳一分为二。

我把小刀还回去，道了声谢。女人面色苍白地用指尖捏着刀，收了回去。

眨眼间，百奇就拖着切断的狗绳，高兴得跳了起来。

8

半年过去了。

三个人都死了，我却没有能力给他们建气派的墓。

对我来说，这半年非常平静。我感受到了以前从未发现的亲情。无论他们怎么唠叨，我都不会生气了。

"哎，这件事我没法当面说出口，所以想拜托你。你能不能帮我转告你的朋友优……"去世前，薰躺在病床上说，"替我告诉她，其实我并不讨厌你。"这就是薰最后说的话。

　　假日的一天，我和山田坐在咖啡厅里。

　　我提起了薰的遗言，她饶有兴致地眯起眼睛。"真是多此一举嘛……"她从包里掏出一本厚厚的书，问道，"对了，你那些红斑好了吗？"

　　"红斑？"

　　"对，很久以前你不是提到过吗？说皮肤上出现了红斑，当时我还说那是痤疮……"

　　"哦，早就被百奇吃掉了，我身上的痣也是。只要是我皮肤上的东西，它全都会吃掉。"我用指腹轻轻抚摩躺在右手手背上的蓝色小狗，它舒服得哼哼了几声。

　　山田翻开那本厚厚的书，指着某一页上的照片。那好像是一本关于皮肤疾病的书。她最近开始学习与皮肤相关的知识，说是为了成为刺青师，需要掌握一些基本知识。

　　"没错没错，从几年前开始，我的皮肤就出现了照片上的这种红斑。不过已经都被百奇吃了，一点儿都没剩下。"

　　我看了看照片下面的说明。"蕈样肉芽肿：通常会在皮肤表面停留数年，但最终会向内脏器官转移。"

"这是皮肤肿瘤的一种，真是太危险了。铃木你本来也是要死的。你得好好感谢百奇啊。"

我点了点头，把脸贴近看起来无忧无虑、只顾打呼噜的小狗。

去了美国的中国大姐姐又回了日本一趟。

我现在终于习惯了一个人的生活。听到这个消息，便跑到山田家去看大姐姐了。我想稍稍向她抱怨一下刺错小狗的事，还想向她表示深深的感谢。

"嗨！"她向我打了声招呼，还是和以前一样漂亮。

我和山田告诉了她刺青小狗动起来的事，还有后来发生的那些事。她并不怎么惊讶，只是点了点头。

很快，她就对我腿上的刺青小狗产生了兴趣。那是山田刺的假百奇。虽然很像百奇，不过看样子它并没有魔力，一直一动不动、乖乖地待在我的腿上。

"这个刺青能让我修改一下吗？"

她是我的偶像，我当然一口答应了。我按照她的要求躺在床上，不一会儿腿上就传来了早已习惯的那种疼痛。这时，我转头问山田："笋干拉面的钱我还给你了吗？"

"小意思，不用啦。不过，我倒是希望你把之前借的三万日元还给我。"

中国大姐姐修改过的假百奇一眼看去和以前没什么两样。但奇妙的是，我马上就看出那是一条母狗，大概是因为细节上有微妙的不同吧。我从它身上感受到了一种之前没有的妩媚。

"这是百奇的女朋友吗？"

中国大姐姐满意地点了点头。

三天后，大姐姐就回美国了。据说她过世的祖父曾在美国经营古董店，她则是在美国长大的。

一天早晨，我被两条狗的叫声吵醒。即使想向大姐姐抱怨也来不及了，她已经不在日本了。

尾声

敬启者：

连续几天都是初春的好天气。我已经一个人走过了一轮四季。

刚开始一个人生活的时候，我感到很孤独，但和小狗们在一起，日子也挺自由自在的。

我坦白自己做了刺青的时候，爸爸您没怎么生气。虽然一脸为难，但还是原谅了我。我心里很高兴，直到现在都十分感激。

　　为什么这条刺青小狗会动起来呢？难道是刺青师会魔法？我一直没怎么好好想过这件事。

　　不过，最近我开始这样想：百奇有可能是神明派来的使者，来告诉我不会有事的。一直以来，我都因为比不上弟弟而自卑，还怀有不受爸爸妈妈重视的错觉，为此感到十分寂寞。神明啊，谢谢你。

　　不久前百奇有了女朋友，名字叫奥利奥——这是我第二喜欢的甜点的名字。至于我最喜欢的甜点……你们已经知道了吧？

　　我的朋友山田正在和她的爸爸学习刺青。比起她身边的那些刺青师，她的技术已经很不错了。

　　虽然我还有很多话想说，不过今天就先写到这里吧。

　　到现在我还是没法和亲戚们好好相处，也不太会做饭，早上也很难按时起床，什么都做不好。我非常难过，真不知道自己为什么这么没出息啊。

　　不过没关系，我还会继续加油。谢谢你们在生前当我的家人，真的十分感谢。盂兰盆节^①的时候，请你们一起回来看看我吧。

铃木优

二月五日

茂雄

铃木　美佐江　收

薰

又及：现在我的左胳膊可不得了，刚出生的小狗实在太吵了……

---

① 日本在夏季举行的迎接和供奉祖先亡灵的民俗性佛教活动，一般在7月或8月中旬举行。

图书在版编目（CIP）数据

平面犬 ／（日）乙一著；吕灵芝译 . —— 海口 ：南
海出版公司，2021.4（2025.7重印）
　　ISBN 978-7-5442-8123-2

　Ⅰ . ①平… Ⅱ . ①乙… ②吕… Ⅲ . ①短篇小说－小
说集－日本－现代 Ⅳ . ① I313.45

中国版本图书馆CIP数据核字（2021）第019705号

著作权合同登记号　图字：30-2019-109

平面犬

〔日〕乙一　著

吕灵芝　译

出　　版　南海出版公司　（0898）66568511
　　　　　海口市海秀中路51号星华大厦五楼　　邮编 570206
发　　行　新经典发行有限公司
　　　　　电话（010）68423599　　邮箱 editor@readinglife.com
经　　销　新华书店

责任编辑　张　锐
特邀编辑　蒋屿歌　王心谨
营销编辑　李　畅　李清君
装帧设计　李照祥
内文制作　张　典

印　　刷　北京盛通印刷股份有限公司
开　　本　850毫米×1092毫米　1/32
印　　张　8.5
字　　数　136千
版　　次　2021年4月第1版
印　　次　2025年7月第7次印刷
书　　号　ISBN 978-7-5442-8123-2
定　　价　59.00元